中华优秀传统文化是炎黄子孙共同的精神家园

辛弃疾词选译

杨　忠　译注
刘烈茂　审阅

古代文史名著选译丛书

（珍藏版）

主编　章培恒　安平秋　马樟根

凤凰出版社

图书在版编目（CIP）数据

辛弃疾词选译 / 杨忠译注. -- 南京 : 凤凰出版社, 2017.1（2018.4重印）
（古代文史名著选译丛书 : 珍藏版 / 章培恒, 安平秋, 马樟根主编）
ISBN 978-7-5506-2481-8

Ⅰ. ①辛… Ⅱ. ①杨… Ⅲ. ①宋词－译文②宋词－注释 Ⅳ. ①I222.844

中国版本图书馆CIP数据核字(2016)第257419号

书　　名	辛弃疾词选译
主　　编	章培恒　安平秋　马樟根
译 注 者	杨　忠
责任编辑	樊　昕
装帧设计	姜　嵩
出版发行	凤凰出版社(原江苏古籍出版社) 发行部电话025-83223462
出版社地址	南京市中央路165号,邮编:210009
出版社网址	http://www.fhcbs.com
照　　排	江苏凤凰制版有限公司
印　　刷	苏州市越洋印刷有限公司 苏州市吴中区南官渡路20号　邮编:215104
开　　本	850×1168毫米　1/32
印　　张	8.875
字　　数	184千字
版　　次	2017年1月第1版　2018年4月第2次印刷
标准书号	ISBN 978-7-5506-2481-8
定　　价	44.00元

(本书凡印装错误可向承印厂调换,电话:0512-68180638)

目 录

前 言

在中国词坛上的多产作家中，很少有人比辛弃疾的经历更具有传奇色彩，也很少有人像辛弃疾那样专注于词的创作，并彻底地摧垮了“词为艳科”这种传统观念的束缚，自如地以词记事、咏史、抒情、言志、咏物、感怀、寄愁，几乎无施不可，而他在词的创作中也拓宽了表现手法，将词的艺术成就推向了顶峰。

（一）

辛弃疾（1140—1207），字幼安，号稼轩，南宋高宗绍兴十年五月十一日生于山东济南历城县。高祖、曾祖曾仕宋为吏，祖父辛赞于靖康乱后被迫仕金，但不忘故国，每引儿辈“登高望远，指划山河，思投衅而起，以纾君父不共戴天之愤”（辛弃疾《美芹十论》）。弃疾自小受祖父影响，并曾两次乘北上燕京参加科举考试之机，“谛观形势”，密察金人动静。绍兴三十一年（1161），金主完颜亮统大军分道南侵。北方汉人纷纷起义，辛弃疾亦聚众二千，投奔山东耿京义军，为掌书记，主管文书，参与机密。年底，奉耿京之命，南渡与宋政权联络。次年正月，高宗赵构在建康（今江苏南京）召见辛弃疾，并授予耿京天平军节度使、知东平府，兼节制京东河北忠义军马的职衔，弃疾亦补右承务郎。北返途中，闻耿京部将张安国已杀耿京，并裹胁部分义军投降金人。辛弃疾遂与王世隆等率五十骑径趋金兵营盘中，活捉张安国而归，又聚集义军，束马衔枚，日夜兼程，南渡归宋，当时辛弃疾仅二十三岁。这种极富传奇色彩的英雄行为，极大地振奋了江南江北人民的抗金斗志，表现了辛弃疾的爱国精神、民族气节和军事才干。

南归后辛弃疾被差为江阴签判，满怀杀敌报国的热忱，一心想有所作为。但以个人私利为重的赵构和畏敌如虎的南宋执政者，却不能真心重用辛弃疾这样的抗战志士。继位的孝宗赵昚一度虽想有所振作，曾起用抗战派张浚主持军政，驱逐秦桧党人，并由张浚督师与金人战。但不幸宋军败于符离，朝廷惊恐，孝宗动摇，终于又信用主和的大臣，并与金人订"隆兴和议"，以割地贡岁币、称金国主为叔的屈辱条件，换来脆弱的数十年和平局面。南宋朝廷又过起醉生梦死的日子。

孝宗乾道四年(1168)，辛弃疾任建康通判，上《美芹十论》、《议练民兵以守淮疏》等奏疏，分析宋金和战形势，力陈抗敌复国方略，但未被采纳。三年后入朝任司农寺主簿，又作《九议》上宰相虞允文，进一步申述抗战方略。不久，出知滁州。淳熙元年(1174)，为江东安抚司参议官。第二年得孝宗召见，迁仓部郎官。当时两湖、江西一带以赖文政为首的茶商军兴起，抗捐抗税，盗贩私茶，屡败官军。朝廷于是年六月任三十六岁的辛弃疾为江西提点刑狱，节制诸军，督捕茶商军。当年闰九月，辛弃疾诱杀赖文政，茶商军被镇压，辛弃疾因功加秘阁修撰衔。不久，调京西转运判官，后又差知江陵府兼湖北安抚使，徙知隆兴府(今南昌)兼江西安抚使。淳熙五年(1178)春被召回朝任大理寺少卿，同年秋又出为湖北转运副使，改官湖南转运副使，徙知潭州（今长沙）兼湖南安抚使，再改知隆兴兼江西安抚使。淳熙八年（1181）冬，改官浙西提刑，因言官参劾落职，于江西上饶带湖闲居。

辛弃疾自南归至第一次落职，二十年中宦迹不定，迁徙频繁，自地方守令至一路监司、帅臣，虽不能在一地久任，但政绩卓著。知滁州是他施展政治才干的第一次机会，滁州地处两淮，屡遭兵火，加上水旱灾害频仍，城廓荡然成墟，乡村满目荒凉。辛弃疾到任之后，宽征薄赋，招流散，教民兵，议屯田，复兴生产，发展贸易，仅用半年时间，便使“商旅毕集”，“民用富庶”，“荒陋之气，一洗而空”（崔敦礼《宫教集·代严子文滁州奠枕楼记》）。镇压茶商军虽然是辛弃疾从士大夫立场出发，效忠南宋王朝的表现，但他对官逼民反的现实也极为不满，在湖南转运副使任上所上的《论盗贼札子》中，曾慨叹官吏“暴政苛敛”，“残民害物”，使百姓“破荡家业”。希望孝宗“深思致盗之由，讲求弭盗之术，无恃其有平盗之兵也”，表现出对政治局势的清醒认识和对百姓的同情。在湖南安抚使任上，曾创建飞虎军，“雄镇一方”，对于提高南宋地方军队的战斗力起了一定作用。在第二次任江西安抚使时，适逢大饥，人心浮动。辛弃疾一面出榜安民，强调“闭粜者配，强籴者斩”（商人囤积米粮不肯发售者发配，强行抢购者斩首），一面出官银遣人限期至外地采购米粮，很快安定了社会秩序，解决了江西饥荒，表现出优异的才干。

自淳熙九年（1182）到宁宗嘉泰二年（1202）二十一年间，辛弃疾除在五十三岁至五十五岁期间一度被朝廷起用出为福建提刑，擢知福州兼福建安抚使之外，一直被投闲置散，在上饶带湖和铅山瓢泉居住。忧虑国事，企盼复国，却又请缨无路，报国无门，一腔忠愤，无处发泄，于是寄情山水，赏玩风物，追慕前贤，借酒浇愁，创作了大量的歌词，并于淳熙十五年(1188)由门人范开编集印行了第一部词集——《稼轩词甲集》。

嘉泰三年(1203)，外戚韩侂胄专权，为了提高声望，巩固权势，谋图北伐，于是起用抗战派人士。辛弃疾以六十四岁高龄起知绍兴府、兼浙东安抚使。第二年正月，宁宗召见，辛弃疾力言金国必乱必亡，愿宁宗诏元老大臣预为应变之计。三月，改知镇江府。任内积极备战，曾造战衣万领，以备召募土丁之用，又遣间谍深入敌后察访敌情。开禧元年(1205)春，因举人不当，被降两官，七月，又被劾解官奉祠，随即返铅山居住。虽然当年十一月又被差知绍兴府兼浙东安抚使，第二年秋，又进龙图阁待制、知江陵府，旋改试兵部侍郎，但辛弃疾对朝廷已完全失望，两次任命均坚持不赴。开禧三年(1207)九月，朝廷又进辛弃疾为枢密都承旨，未受命而于是月初十日卒，享年六十八岁。

(二)

词"别是一家"，偏重于感情的抒发。唐末民间词多口语化，质朴无华。自转到文人手中之后，往往表现"绮罗香泽之态"，"绸缪宛转之度"(胡寅《酒边词序》)，以清切婉丽为宗。后来虽有苏轼等人突破了"诗庄词媚"的陈规，开拓出豪放一派，逸怀浩气，超乎尘垢之外，但词坛的主流仍是秾纤绵密、珠圆玉润的"剪红刻翠"之作。进一步使词从婉约派的拘限中超越出来，极大地丰富了词的描写内容与表现手法，拓宽了词的境界，使词无意不可入，无事不可言，能更直接地反映社会现实的是辛弃疾。他一生致力于词的创作,“才情富艳,思力果锐,南北(宋)两朝,实无其匹”(周济《介存斋论词杂著》)。甚至“自有苍生以来所无”(刘克庄《辛稼轩集序》),成为宋词艺术高峰的一个标志。

辛词中最令人感奋和激动的是洋溢着强烈的爱国主义精神。前人评他的词“横绝六合,扫空万古”(刘克庄《后村诗话》),“慷慨纵横,有不可一世之概”,“能于剪红刻翠之外,屹然别立一宗”(《四库全书总目》),多指他这一类的作品。辛词内容的开阔与风格的豪迈,是南宋所处的屈辱苟安、动荡不宁的时代氛围造成的,也是他屡受折遏摧伏的独特遭遇造成的。他“以气节自负,以功业自许”(范开《稼轩词序》),才大情深,果敢刚毅,一心以复国为己任,却屡遭猜忌,不得尽展其才,一腔忠愤,无处发泄,“故其悲歌慷慨,抑郁无聊之气,一寄之于其词”(徐釚《词苑丛谈》引黄梨庄语)。

辛词的主旋律是昂扬的爱国激情。他深情眷注着祖国的万里河山,痛惜山河破碎的现实,感叹“起望衣冠神州路,白日销残战骨”,“夜半狂歌悲风起,听铮铮阵马檐间铁。南共北,正分裂”(《贺新郎》细把君诗说),“遥岑远目,献愁供恨,玉簪螺髻”(《水龙吟》楚天千里清秋),真是字字忧愁,句句血泪。他曾与友朋共勉:“了却君王天下事,赢得生前身后名。”(《破阵子》醉里挑灯看剑)并幻想着能与友朋一起“都洗尽,髭胡膏血”(《满江红》汉水东流),“袖里珍奇光五色,他年要补天西北”(《满江红》鹏翼垂空),盼望着驱逐金人,使破碎的山河重归统一。因此他时常回忆并怀念“壮岁旌旗拥万夫”(《鹧鸪天》)那样激昂慷慨、驰骋沙场的战斗生活。酒醉时他“挑灯看剑”,睡梦中也“沙场秋点兵”(《破阵子》)。这种爱国情怀,老而弥坚,直至六十六岁在镇江知府任上，仍以老当益壮的廉颇自比，以坚持抗曹的孙权自励。

但是现实和他的愿望却相距太远，面对朝廷大臣们的苟安态度，他极度失望、愤慨，讽刺他们是“江左沉酣求名者”(《贺新郎》甚矣吾衰也)，将他们比作西晋误国的权臣王衍，并谴责他们不知爱惜人才，而使千里马“汗血盐车无人顾”(《贺新郎》老大那堪说)。他将这种报国无门的忧愤与不平都倾泻在自己的词作中。在任建康通判时，他慨叹“儿辈功名都付与，长日惟消棋局”(《念奴娇》我来吊古)，心中的悲愤溢于言表。被罢官闲居瓢泉时，他慨叹自己的复国方略不被采纳，“却将万字平戎策，换得东家种树书”(《鹧鸪天》壮岁旌旗拥万夫)，失望的愁苦一泻而出。

除了大量抒写爱国情怀的词作之外，辛弃疾在乡村二十年的闲居生活使他加深了对农村的了解，不但陶醉于乡村的自然美景，而且熟悉了农村的风土人情和村民的生活，他的词作中便出现了许多以农村生活为题材的作品。在他之前，词人的创作中只有少量这类题材的作品，苏轼便曾写过五首《浣溪沙》，比较集中地讴歌了农村风情。辛弃疾则进一步拓宽了这一题材，而且是满怀热情，带着自己的深切感受去写的，因而更加亲切动人。如在他笔下展现了清新的农村生活画面：

> 陌上柔桑破嫩芽，东邻蚕种已生些。平冈细草鸣黄犊，斜日寒林点暮鸦。　　山远近，路横斜，青旗沽酒有人家。城中桃李愁风雨，春在溪头荠菜花。(《鹧鸪天·代人赋》)

用简净明快的语言，描绘田野的春景，生机勃勃，情致宛然。结尾处借景抒怀，以城中愁风愁雨的桃李与溪头蓬勃生长的荠菜花对举，表现了作者对农村生活的热爱。

作者还描绘了乡村的民情风俗，词中有农家婚嫁的热闹场面："东家娶妇，西家归女，灯火门前笑语。"(《鹊桥仙》松岗避暑)也有偷梨打枣的孩童的顽皮神态："西风梨枣山园，儿童偷把长竿。莫遣旁人惊去，老夫静处闲看。"(《清平乐》连云松竹)还有浣纱少妇的欢声笑语："一川明月疏星，浣纱人影娉婷。笑背行人归去，门前稚子啼声。"(《清平乐》柳边飞鞚)农家妇女忙里偷闲回娘家的情景，也写得极富生活气息："闲意态，细生涯，牛栏西畔有桑麻。青裙缟袂谁家女，去趁蚕生看外家。"(《鹧鸪天》春入平原荠菜花)他还将一个普通农家的生活渲染得极其惬意而和谐：

> 茅檐低小，溪上青青草。醉里吴音相媚好，白发谁家翁媪？　　大儿锄豆溪东，中儿正织鸡笼。最喜小儿无赖，溪头卧剥莲蓬。(《清平乐》)

这些农村生活的图画，自然经过了辛弃疾的美化，也在一定程度上反映了他的理想。

他的农村词中有不少力图表现闲适生活的作品，努力使自己的心境平静下来。其中确也有如"掀老瓮，拨新醅，客来且进两三杯"(《鹧鸪天》是处移花是处开)那样的"遣兴"之作。但许多"闲适词"其实也不闲适。身虽闲置而心念家国，所以虽然"听风听雨小窗眠，过了春光大半"，但依然"清愁难解连环"(《西江月》腾欲读书已懒)。闲适中颇多无可奈何的惆怅。

辛词中山水词占了很大的比重。他的歌咏山水的词作，表现了作者阔大的胸襟和对祖国山河大地的深挚热爱。“我见青山多妩媚，料青山见我应如是”(《贺新郎》甚矣吾衰矣)，“青山意气峥嵘，似为我归来妩媚生”(《沁园春》一水西来)，他与山水的情感如此融洽，因此，他笔下的祖国山河千姿百态，而又颇具神采。如他写青山：“叠嶂西驰，万马回旋，众山欲东。正惊湍直下，跳珠倒溅；小桥横截，缺月初弓。”(《沁园春》)将灵山回旋飞动的态势逼真地呈现在读者面前，加上飞瀑倒溅，弓桥卧水，动静交映，韵味无穷。状雨岩奇境，则“蜂房万点，似穿如碍，玲珑窗户。石髓千年，已垂未落，嶙峋冰柱”，将雨岩的洞穷、石乳形容得如在目前。而岩中飞泉鸣瀑，则又如“春雷鼻息，是卧龙、弯环如许。不然应是，洞庭张乐，湘灵来去。我意长松，倒生阴壑，细吟风雨”，更增添了雨岩的奇幻幽秘。又如写新开小池，“涓涓流水细侵阶，凿个池儿，唤个月儿来。

画栋频摇动，红蕖尽倒开。斗匀红粉照香腮。有个人儿，把做镜儿猜”(《南歌子》散发披襟处)。描摹生动，情趣盎然。而写钱塘怒潮，又自有一番景象：“望飞来半空鸥鹭，须臾动地鼙鼓。截江组练驱山去，鏖战未收貔虎。”“滔天力倦知何事，白马素车东去。”(《摸鱼儿》)以铺天盖地的鸥鹭，惊天动地的鼙鼓，截江驱山的组练，鏖战不休的貔虎，极形江潮之磅礴气势，而以力倦东去的白马素车形容退潮景象，潮涨潮落，绘声绘色。

“词为艳科”，辛弃疾情词数量虽不多，但“秾丽绵密者，亦不在小晏(几道)、秦郎(观)之下”(刘克庄《辛稼轩集序》)。如《祝英台近》(宝钗分)、《念奴娇》(野棠花落)都是极著名的缠绵婉曲、雅致深细之作。一些小令也写得情真意切，如“忆得旧时携手处，如今水远山长。罗巾浥泪别残妆。旧欢新梦里，闲处却思量”(《临江仙》手捻黄花无意绪)。不少情词纯用口语，如“一从卖翠人还，又无音信经年。却把泪来做水，流也流到伊边”(《清平乐》春宵睡重)，也大有民歌风致。

此外，辛弃疾还有不少咏物词及与友朋唱和应酬之作，虽有少数游戏文字，但多数作品内容充实，不少作品还从多种角度反映了社会现实。

(三)

辛弃疾词的艺术风格丰富多采，他博采众长，不拘一格，融会贯通，而又自成一家。词作以豪迈雄杰为主，又不失婉约。悲壮豪雄，婉转缠绵，空灵蕴藉，沉郁幽深，典丽雅致，通俗真率的作品并存。

词史上辛弃疾与苏轼并称“苏辛”，共为豪放派代表作家。但正如王国维《人间词话》所说：“东坡之词旷，稼轩之词豪。”二人的区别还是明显的。辛弃疾才大情挚，生当国难深重之时，不得一展怀抱，故“敛雄心，抗高调，变温婉，成悲凉”(周济《宋四家词选目录序论》)，词作气魄极雄大，意境却极沉郁。如《永遇乐·京口北固亭怀古》：

> 千古江山，英雄无觅，孙仲谋处。舞榭歌台，风流总被，雨打风吹去。斜阳草树，寻常巷陌，人道寄奴曾住。想当年，金戈铁马，气吞万里如虎。　　元嘉草草，封狼居胥，赢得仓皇北顾。四十三年，望中犹记，烽火扬州路。可堪回首，佛狸祠下，一片神鸦社鼓。凭谁问，廉颇老矣，尚能饭否？

上片时空交错描绘，构成雄奇阔大的艺术境界，赞扬宋武帝刘裕北伐的雄壮声威与赫赫战功。下片由雄豪转入沉郁，由元嘉北伐失败，联想到今日的战局，由自己青年时代的壮慨英声，转写老年请缨报国的雄心，而爱国激情则贯穿始终。此外，如《鹧鸪天》(壮岁旌旗拥万夫)、《破阵子》(醉里挑灯看剑)、《南乡子》(何处望神州)等都洋溢着英雄气概，而《水龙吟》(举头西北浮云)、《贺新郎》(老大那堪说)、《八声甘州》(故将军饮罢夜归来)等又或沉郁顿挫，或豪壮激昂，或郁愤悲壮，都是辛弃疾豪放词中的名篇。

辛弃疾的婉约词也有很高的成就。如《念奴娇》(野棠花落)，缠绵悱恻，凄婉曲折；《满江红》(家住江南)，清俊妩媚，细腻宛转；《祝英台近》(宝钗分)更如明人沈谦《填词杂说》所云："稼轩词以激扬奋厉为工，至'宝钗分，桃叶渡'一曲，昵狎温柔，魂消意尽，才人伎俩，真不可测。"此外，辛弃疾还努力效法历代词人的成功之作，尝试各种风格与题材。如《丑奴儿近》(千峰云起)标明"效李易安体"，努力效法李清照"用浅俗之语，发清新之思"的风格，《行香子》(好雨当春)亦颇具李清照词风。《念奴娇》(近来何处)则有意仿效"天资旷远，有神仙风致"的朱希真体。《唐河传》(春水千里)明言"效花间体"，写得空灵洒脱，清俊疏淡，酷似韦庄。《水调歌头》(我志在寥阔)描摹梦中登天，摩挲素月，骖驾鸾凤，酌酒北斗，清歌高寒，飘飘欲仙，则兼有《离骚》、李白、苏轼遗风。许多词作，如《武陵春》(走去走来三百里)、《南歌子》(散发披襟处)等，通俗浅显，又多民歌风味，表现出作者才情之博大。

以文为词，多用赋体，是辛词的另一艺术特色。苏轼以诗为词，丰富了词的表现手法，稼轩进一步以文为词，用散文笔法，几乎将其他文学样式所能抒写的内容，一并写进词中，极大地开拓了词的境界。如《西江月》（醉里且贪欢笑）："昨夜松边醉倒，问松'我醉何如？'只疑松动要来扶，以手推松曰'去！'"便全用散文句法。而辛词因用散文手法，便无施不可，词中出现的问话体、对话体，为其他词人作品所少见。如《木兰花慢》（可怜今夕月）用屈原《天问》体，词中一连提出"飞镜无根谁系？姮娥不嫁谁留？"等九个有关月亮运行的问题，为赋月诗词中独创。《南乡子》（何处望神州）则自问自答，用杜诗、曹操成语，自然天成，亦颇见功力。《六州歌头》（晨来问疾）以作者与鹤的对话传达闲居时忧国伤怀的苦闷，人鹤问答，韵散结合，亦为词中别调。

善用典故，是辛词的又一艺术特色。如《贺新郎》（绿树听鹈鴂）写离愁别绪，连用昭君出塞、庄姜送归妾、李陵别苏武、燕太子丹送荆轲等四个典故，寄寓家国之恨、身世之感，运用史事贴切自然。《永遇乐》（千古江山）将与京口、扬州有关的历史人物，如孙权、刘裕、刘义隆、拓跋焘等的胜败史事一齐纳入词中，中间又穿插四十三年前自己率义军经扬州渡江南归事，最后以老当益壮的廉颇自况，几乎通篇用典，但不觉堆砌。

辛词还多比兴寄托，如《青玉案》（东风夜放花千树），描写元夕灯彩焰火盛况，结尾"众里寻他千百度，蓦然回首，那人却在灯火阑珊处"，梁启超认为此三句"自怜幽独，伤心人别有怀抱"（梁令娴《艺蘅馆词选》引），便是说词中有寄托，表现了作者的孤高风标。《摸鱼儿》（更能消几番风雨）通篇用比兴，以风雨摧残春光喻南宋国势衰微，惜春、留春喻力挽颓势的努力，长门误期、蛾眉见妒，隐喻朝廷政局，词作明为伤春，实为抚时感事、自伤怀抱之作。因多用比兴，词意含蓄蕴藉，深婉曲折，动人心魄。

辛词的语言多姿多采。吴衡照《莲子居诗话》说："辛稼轩别开天地，横绝古今，论、孟、诗小序、左氏春秋、南华、离骚、史、汉、世说、选学、李、杜诗，拉杂运用，弥见其笔力之峭。"辛弃疾善于化用前人成语，经史子集，烂熟于胸，故信手拈来，皆不觉生硬。如前文所举《南乡子》(何处望神州)中"不尽长江滚滚流"与"生子当如孙仲谋"，即用杜诗与曹操语，贴切自然。但有时也通篇用经典语入词，语言便不够灵活生动，内容也易受束缚。如《踏莎行》(进退存亡)集《易经》、《论语》、《诗经》、《孟子》、《礼记》等经书语句入词，虽有一定的思想内容，非纯粹的文字游戏，但终究减弱了艺术感染力。

他还喜用民间俚语、俗语、谐语入词。如《鹊桥仙》"轿儿排了，担儿装了，杜宇一声催起"，《最高楼》(吾衰矣)"千年田换八百主，一人口插几张匙"，《武陵春》(走去走来三百里)"鞭个马儿归去也，心急马行迟。不免相烦喜鹊儿，先报那人知"，《玉楼春》"何人半夜推山去？四面浮云猜是汝。常时相对两三峰，走遍溪头无觅处"，或通俗生动，或诙谐风趣，都是作者汲取民间语汇养料的成果。

(四)

辛词留存至今的有六百二十余首，是宋代词人中现存作品最为丰富的一人。今选译其中八十二首，数量虽不多，但大体能反映辛词的基本风貌。作品按写作年代为序排列，不能确定写作时间的列于篇后。注释力求简明，译文力求准确贴切。但限于学识，注释、译文一定有不当之处，欢迎读者指正。

杨忠（北京大学中国古文献研究中心）

水调歌头

寿赵漕介庵[①]

这首词作于乾道四年(1168),是现存辛词中创作时间最早的一首。时作者任建康府通判,九月适值友人赵彦端生诞,遂作此词为其祝寿。词作虽未完全摆脱一般寿词中的溢美恭维,但主调却是鼓励朋友为国事效力,同时自勉。此时,作者已南归六年,虽尚未遭挫折打击,但由于南宋朝廷习于苟安,作者也未得到重用,更无统兵杀敌的机会。但他一直坚持抗战立场,抱定抗金救国的必胜信念,并希冀能得到朝廷的重用,词中充分表达了这种爱国热情。上片颂赞赵彦端的才能。首句以神马喻其才智非凡,出身显贵;三四句用金銮起草事赞其笔走龙蛇,文才出众;接着盛赞他把无边春色洒向人间,而自己正年富力强,前程无量。下片从祝寿筵席上的歌舞盛况写起,回到祝寿题意。接着笔锋陡转,道出全篇主旨:“要挽银河仙浪,西北洗胡沙。”以饱满的热情表达了收复北方失地的夙愿和信心。结拍用浪漫主义手法激励友人立功万里,大展雄才。此词笔力健举,风格豪放明快，通篇洋溢着豪爽乐观、昂扬向上的激情。篇中选用神话故事，充满奇思丽想，可看出作者早期词作的风格。

千里渥洼种②，名动帝王家。金銮当日奏草③，落笔万龙蛇④。带得无边春下，等待江山都老⑤，教看鬓方鸦⑥。莫管钱流地⑦，且拟醉黄花⑧。　　唤双成，歌弄玉，舞绿华⑨。一觞为饮千岁，江海吸流霞⑩。闻道清都帝所⑪，要挽银河仙浪，西北洗胡沙⑫。回首日边去⑬，云里认飞车⑭。

【注释】

① 寿：祝寿。漕：漕司，宋代各路设转运使，负责催征赋税，出纳钱粮和水上运输等事，南宋称漕司。赵介庵：名彦端，字德庄，介庵是号。为宋宗室，时任江南东路计度转运副使，驻建康（今江苏省南京市），为作者友人。② 渥洼种：据《汉书·武帝纪》载：汉武帝时，有骏马生于渥洼（今甘肃安西县境内）水中，献于朝廷，以为天马。这里用渥洼神马喻赵彦端才智不凡，出身显贵。③ 金銮（luán）：金銮殿，本为唐皇宫殿名，皇帝常在此接见翰林学士，后常用来指皇宫中的正殿。奏草：起草奏章。④ 龙蛇：喻书法气势飞动如龙腾蛇舞。⑤ 江山都老：指岁月流逝。⑥ 鬓方鸦：两鬓如乌鸦一样黑，喻人年轻。⑦ 钱流地：据《新唐书·刘晏传》载：刘晏管理国家的财政、赋税、盐铁等，使水陆运输畅通，物价平稳，成绩显著。曾自说："如见钱流地上。"

这里用此典故颂扬赵彦端像刘晏一样善理财政。⑧ 醉黄花：饮酒赏菊。黄花：菊花。古人重阳节有饮酒赏菊习俗，而赵彦端生日又恰在重阳节前一日，故“醉黄花”，既度佳节又贺生日。⑨“唤双成”三句：双成、弄玉、绿华：皆为古代传说中能歌善舞的仙女。双成：名董双成，传说为西王母侍女，善吹玉笙，事见《汉武内传》。弄玉：秦穆公之女，嫁萧史，善吹箫，事见《列仙传》。绿华：名萼绿华，自言为九嶷山得道仙女。事见《真诰·运象篇》。⑩ 流霞：传说中的仙酒。据《论衡·道虚篇》云：项曼斯进山学道，遇数仙人，带其上天至月亮旁，“口饥欲食，辄饮我流霞一杯，每饮一杯，数月不饥”。⑪ 清都：传说中天帝居住之所。见《列子·周穆王篇》，这里代指南宋朝廷。⑫“要挽”二句：化用杜甫于安史之乱中创作的《洗兵马》诗句：“安得壮士挽天河，净洗甲兵长不用。”西北：指被金人占领的北方广大地区。胡沙：指金朝。⑬ 日边：太阳旁边，古诗中常用以代指朝廷。⑭ 飞车：古代传说中能飞行的车。《帝王世纪》载：“奇肱氏能为飞车，从风远行。”这里用赵氏架飞车在云中飞行喻他将得到朝廷重用而平步青云。

【翻译】

你就像驰骋千里的渥洼神马，
传声扬名在帝王之家。
想当年金銮殿上你起草奏章，
落笔如万条龙蛇腾舞尽情挥洒。
你把那无边的春色在人间播下，
岁月流逝，待到江山衰老，

看到你却仍是两鬓黑发。
先把那繁杂的漕运政务暂且放下，
还是来纵情饮酒观赏菊花。

席间的歌姬舞女容貌如花，
就像那仙女双成、弄玉和绿华，
这杯酒祝你长寿千年，
让我们倾江倒海般畅饮流霞。
听说朝廷正在谋划，
要挽起天河的怒涛激浪，
洗净那西北边地金人的尘沙。
回头望你正向日边奔去，
看云端你正驾着飞车向前进发。

满 江 红

建康史帅致道席上赋[1]

辛弃疾于孝宗乾道四年至六年(1168—1170)任建康通判,史致道于乾道三年九月起知建康府,六年二月即改知成都府,故此词大约作于乾道四年、五年期间。上片以冲天奋飞的大鹏和炼石补天的女娲比史致道,称赞他建功立业的宏伟志向和镇守长江咽喉之地的重要作用,同时也是自比、自许。下片转写宴会并抒发感慨。在人才济济的宴会上,盼望能传来朝廷决心抗战的好消息,但料想执政者不会有所作为,自己抗战杀敌的愿望想来不会实现了,大约只能长期与钟山为伴,了此一生。感情低徊悲郁,表达了报国无门的怨愤情绪。不过,由于作者南归时间还不长,对朝廷并未完全失望。

鹏翼垂空[2],笑人世、苍然无物[3]。又还向、九重深处[4],玉阶山立[5]。袖里珍奇光五色,他年要补天西北[6]。且归来、谈笑护长江,波澄碧[7]。　　佳丽

地⑧，文章伯⑨。金缕唱⑩，红牙拍⑪。看尊前飞下⑫，日边消息⑬。料想宝香黄阁梦⑭，依然画舫青溪笛⑮。待如今、端的约钟山⑯，长相识。

【注释】

① 建康：今江苏南京市。史帅：即史正志，字致道（一作志道），当时任建康行宫留守兼沿江水军制置使，故称史帅。② 鹏翼垂空：鹏：传说中的大鸟名。《庄子·逍遥游》中说，北海有一种大鱼，变化为大鸟，名字叫鹏，鹏的背脊不知有几千里那样长大，奋发而飞，它的翅膀就像是挂在天边的乌云。③ 苍然：莽莽苍苍的样子，形容一片青黑色。无物：这里喻朝廷无栋梁之材。以上三句写史致道志向远大，像大鹏在高空笑傲人世无物一样。④ 九重（chóng）深处：帝王居住的深宫内。古制，天子所居，有门九重，故以九重指宫禁。⑤ 玉阶：玉石砌成的台阶。山立：正立如山，形容恭敬庄严。这句是说端正肃穆地站立在朝廷上，指受帝王重视，成为朝廷栋梁。⑥“袖里”二句：指胸怀治国平天下的韬略才干，能挽救国家危亡。《史记·补三皇本纪》中说，传说中的女娲氏末年，共工与祝融战，不胜而怒，以头撞崩了不周山，支撑天的柱子断了，天的西北塌了下去。女娲炼五色石以补苍天，使天地复旧。这里既是赞美史帅，亦是自许，说自己与史致道都有收复失地的壮志和才干。⑦ 波澄碧：江水清澈碧绿，指建康得到坚强的防守，因而没有战争风浪。⑧ 佳丽地：美好的地方。谢朓曾称建康为“江南佳丽地，金陵帝王州”。⑨ 文章伯：即文坛领袖，这里指史致

道。⑩ 金缕(lǚ):古曲调名,这里泛指乐曲。⑪ 红牙:乐器名,即拍板,亦名牙板。因漆成红色,故称红牙。⑫ 尊前:酒筵上。尊:酒器。⑬ 日边:指皇帝身边。⑭ 宝香:宝鼎香炉,这里代指皇宫。黄阁:丞相办事机构的大门,门涂以黄色,故称黄阁。⑮ 画舫:装饰华丽的船。青溪:水名,源出钟山,流入秦淮河。⑯ 端的:真的,确实。钟山:一名蒋山,又名紫金山,在今南京城东。

【翻译】

像大鹏振翅高飞扶摇直上,
笑傲人间缺乏治国的栋梁。
又飞向宫廷那庄严的朝堂,
在玉石台阶上岿然屹立威武轩昂。
如同衣袖里藏着五色彩石的女娲,
将来要把补天救国的重任担当。
如今且暂时回到这名城建康,
谈笑间守护着天堑长江,
让清澈碧绿的江水平静流淌。

建康真是个美丽繁华的地方,
您这位文坛领袖声名远扬。
宴会上唱起动人的乐曲,
红牙板的节拍清脆响亮。
我盼望着酒筵上能传来好消息,
朝廷已定了抗击金人的主张。

但料想执政的大臣们依然在梦乡，
他们着迷的不过是青溪画舫笛声悠扬。
如今我真的要和钟山相约，
从此后常伴它共度时光。

念 奴 娇

登建康赏心亭[①],呈史留守致道[②]

本篇约作于乾道四年至五年(1168—1169)间,时辛弃疾在建康通判任上。作者登楼远望,吊古伤今,表达了对国事的深切忧虑及报国无门的深沉慨叹。上片写登楼所见的衰败景象,对照“虎踞龙蟠”的“帝王之都”的昔日繁盛,不禁触景生情,对今日的败亡局面深感忧虑。下片以谢安比史致道,用为东晋王朝建立过殊勋的谢安也不免遭谗被疏的典故,表示对史致道遭受猜忌不能施展抱负的深切同情。实际上也是以谢安自况,抒发自己功名难成,心曲难诉,岁月难留,忧愁难消的苦闷心情。最后以“江头风怒,朝来波浪翻屋”暗喻国势危殆,全词戛然而止,表示自己虽无路请缨,只有以棋酒消磨时日,但在国家倾覆的危急关头,实在心潮难平。使抑郁愁苦的心境更加凝重,也使作者赤诚的爱国之情更为热烈悲壮,感人至深。全词吊古与伤今融为一体,兴亡之感和报国无门的悲愤都渲染到极点,情感炽烈,长歌当哭,具有强烈的感染力量。

我来吊古[3]，上危楼、赢得闲愁千斛[4]。虎踞龙蟠何处是[5]？只有兴亡满目。柳外斜阳，水边归鸟，陇上吹乔木[6]。片帆西去，一声谁喷霜竹[7]？　却忆安石风流[8]，东山岁晚[9]，泪落哀筝曲[10]。儿辈功名都付与，长日惟消棋局[11]。宝镜难寻[12]，碧云将暮[13]，谁劝杯中绿[14]。江头风怒，朝来波浪翻屋[15]？

【注释】

① 赏心亭：在当时建康城西下水门的城楼上，下临秦淮河，为登临游览胜地，北宋丁谓建。② 史留守：见前词提示注。③ 吊古：凭吊古迹。④ 危楼：高楼，指赏心亭。危：高。赢得：剩得，落得。千斛：形容数量多。斛：容量单位，十斗为一斛，宋末改为五斗一斛。⑤“虎踞”句：《金陵图经》记载，建康府西有石关城，诸葛亮曾对孙权称赞建康的地形说：“钟山龙蟠，石城虎踞，真帝王之都也。”六朝（吴、东晋、宋、齐、梁、陈）都曾以建康为国都。虎踞龙蟠形容建康形势险要，城池坚固。但六朝都败亡了，所以唐代诗人李商隐《咏史》诗中感叹“三百年间同晓梦，钟山何处有龙蟠？”辛弃疾即用李商隐句意，说虎踞龙蟠的建康徒有空名，剩下的是一派败亡景象。⑥ 陇：同“垄”，田埂。乔木：高大的树木。⑦ 喷霜竹：吹奏竹笛。霜竹：笛子。以霜形容，兼指竹子傲霜和笛声凄凉。⑧ 安石：指东晋宰相谢安，安石是他的字。风流：指风采功业。⑨ 东山：在今浙

江绍兴市境内，谢安曾寓居在东山。岁晚：这里指晚年。⑩ 哀筝曲：谢安功高位重，东晋孝武帝受佞臣挑拨，对他多有疑忌。一次孝武帝召大臣桓伊及谢安饮宴，桓伊想替谢安辨白，便弹筝而歌《怨诗》曰："为君既不易，为臣良独难。忠信事不显，乃有见疑患。"谢安听后"泣下沾衿"，孝武帝也"甚有愧色"。事见《晋书·桓伊传》。这里是说，谢安为国建立了功勋，但仍不免遭到皇帝的疑忌。⑪ "儿辈"二句："儿辈功名都付与"即功名都付与儿辈。《晋书·谢安传》记载，前秦苻坚统兵号称百万进驻淮肥，谢安派弟弟谢石及侄儿谢玄率兵抗击，取得淝水之战的大胜，捷报传来之时，谢安正与客人下棋，看完战报，不动声色，仍下棋如故，客人问他，才从容说："孩儿们已经击破敌兵了。"⑫ 宝镜难寻：《松窗杂录》记载，有一位渔人于秦淮河得古铜镜，能照见自己的肺腑。辛弃疾登赏心亭，面对秦淮河，自然联想起秦淮铜镜，感叹那面能照见人脏腑的古镜难觅，自己的心迹也难于向人剖白了。辛弃疾于绍兴三十二年(1162)南归，至作此词时已归宋六七年，不得重用，故有此叹。⑬ 碧云将暮：天色将晚，喻岁月易逝。⑭ 杯中绿：杯中酒。⑮ 朝来：早晨以来。波浪翻屋：形容水势汹涌浩大，暗喻敌兵强盛，国势危殆。

【翻译】

我来凭吊古人的陈迹，
登上高楼，却落得愁闷无穷。
当年虎踞龙蟠的帝王之都今在何处？
满目所见只是千古兴亡的遗踪。

夕阳斜照着迷茫的柳树。
水边觅食的鸟儿急促地飞回窝中，
风儿吹拂着高树，掠过荒凉的丘垄。
一只孤独的船儿在秦淮河中匆匆西去，
不知何人把激越的寒笛吹弄。

回想当年那功业显赫的谢安，
晚年被迫在东山闲居，
也被悲哀的筝声引起伤恸。
建功扬名的希望都寄托在儿辈身上，
漫长的白日只有消磨在棋局中。
表明心迹的宝镜已难于寻觅，
岁月又将无情地逝去，
谁能安慰我的情怀共饮酒一盅？
早晨以来江上便狂风怒号，
高浪似要翻倒房屋，真令人忧悚。

木兰花慢

滁州送范倅①

宋孝宗乾道八年(1172)春,辛弃疾以司农寺主簿出知滁州,当年秋天,滁州通判范昂应诏回朝,辛弃疾便写了这首词送别。时作者南归已十年,始终担任闲职,未有统兵杀敌的机会,眼看日月将逝,壮志难酬,不禁愁闷交加。词的上片写惜别之情,先以年光无情,老之将至的强烈感受,描写内心的惧怯焦虑。接着切入惜别,以月光、流水、西风的无情,极写自己送别友人的惆怅。末二句以想象中友人返乡途中的愉悦情怀及归家之后与家人团聚的欢乐,反衬出自己的孤独忧愁。下片寄托感慨,先以想象预祝友人入朝能施展抱负,又希望朝廷能任用贤能,情绪兴奋昂扬,寄托着作者的理想。末四句又转回现实,说自己孤独地留在滁州,只能以酒消愁,但仍希望能得到朝廷任用,驰驱疆场,杀敌报国。通篇以跌宕起伏的笔法,反复宣泄自己壮志难酬的苦闷情怀,造成顿挫腾挪的气势,颇能感染读者。

老来情味减②，对别酒，怯流年③。况屈指中秋，十分好月，不照人圆④。无情水都不管，共西风只管送归船。秋晚莼鲈江上⑤，夜深儿女灯前。　　征衫便好去朝天⑥。玉殿正思贤⑦。想夜半承明⑧，留教视草⑨；却遣筹边⑩。长安故人问我⑪，道愁肠殢酒只依然⑫。目断秋霄落雁，醉来时响空弦⑬。

【注释】

① 滁州：今安徽滁州。范倅（cuì）：指范昂，时任滁州通判，生平不详。倅：地方长官的副手。② 老来：这里指年纪大，非指年老，时作者三十三岁。情味：兴致趣味。③ 怯流年：怕年华逝去。流年：时光，岁月。上三句反映出作者深恐流光逝去、壮志难成的焦虑心情。④“况屈指”三句：意为何况不久即为中秋佳节，月圆而人又离散。屈指：屈着指头计算日子。⑤ 秋晚：深秋。莼鲈（chún lú）：莼菜和鲈鱼，均为吴中美味。晋朝张翰在洛阳为官，见秋风起，因思吴中菰菜莼羹、鲈鱼脍，感叹说：人生可贵的是任情适意罢了，怎能在数千里外做官受羁绊以求名利地位呢！于是立即弃官回乡。事见《世说新语·识鉴》及《晋书·张翰传》。范昂是奉召回朝，非弃官归隐，作者在这里只是说范昂归临安便可在江行途中得享莼菜鲈鱼，了却乡愁了。⑥ 征衫：旅人远行的服装。朝天：朝见皇帝。此句说范昂远行归来，尘垢满身，未及易装，即去朝见天子。⑦ 玉殿：宫殿，这里代指朝廷。⑧ 承明：汉代宫中有承明庐，是侍臣轮流值日时住宿的地方。⑨ 教：令，使。视草：审订诏书的草稿。⑩ 却：又。筹边：筹划经理边防事务。上五句

是说范昂将得到重用。⑪ 长安：都城，这里代指南宋都城临安，即杭州。故人：老朋友。⑫ 道：说。殢（tì 替）酒：困扰于酒，这里指借酒消愁。⑬“目断”二句：目断：目尽，放眼远望。秋霄：秋天的高空。响空弦：《战国策·楚策》中说，更羸（léi）曾引弓虚发（不用箭矢，只拉响弓弦）惊落了一只大雁，魏王问其原因，他说，这是一只受过伤的雁，心中还存着对弓箭的恐惧，因此听到弓弦响便被惊落了。作者用这个典故，是说自己见到落雁便联想到弓箭，即使酒醉之后，都好像时时听到弓弦声。透露出作者不能忘怀青年时期“旌旗拥万夫”的战斗生活，希望朝廷能积极抗战，自己能建功立业。

【翻译】

老来兴致渐渐减消，
面对离别的酒筵，
想起飞逝的年光，真令人心焦。
何况中秋佳节即将来到，
十分明亮美好的圆月，
却不能将你我团聚的景象照耀。
无情的流水也不管我们离别的惆怅，
同西风一起把你的归船送入天际云渺。
深秋时节，你在江上正可品尝莼羹鲈脍，
夜深之时，你在灯前可与妻儿闲话欢笑。

穿着旅途的服装便去朝见天子，
朝廷正盼望着贤才快快来到。

想来你会承明庐午夜值班，
被特意留下修订朝廷的文稿；
也许又会派遣你去筹划边防，
为国家分忧操劳。
京城的朋友们若问我的近况，
就说我依然借酒把愁浇。
放眼远望秋空中的落雁，
即便在沉醉中我也常听到弓弦的鸣叫。

太 常 引

建康中秋夜为吕叔潜赋①

这首词大约作于淳熙元年(1174),作者在建康任江东安抚使参议官。此词是中秋夜赠友之作,抒写了自己对国家前途命运的担忧及岁月虚掷、壮志难酬的满腔悲愤。作者南归的十二年中,曾多次上疏朝廷,反对妥协投降,力主抗战复国,但未被朝廷采纳。岁月白白流逝,词人执杯对月,多年郁积于心的悲愤化作了"被白发欺人奈何"的沉痛叹息。下片以乘风升空,饱览祖国锦绣山河的想象,表达了对祖国的挚爱之情。通篇想象丰富,极富浪漫色彩。在咏月当中联系嫦娥、桂树的美丽神话传说,把超现实的奇思妙想与现实中的思想矛盾结合在一起,使全词笼罩在浓烈的浪漫主义氛围之中。结尾则含义深广,"桂婆娑"既指朝廷投降势力,也指代金兵的铁蹄,正如周济所说:"所指甚多,不止秦桧一人而已。"(《宋四家词选》)全词以"金波"始,以"清光"终,首尾照应。"清光更多"象征着作者深信:笼罩在祖国上空的乌云将一扫而光,清光普照大地的日子一定会来临。

一轮秋影转金波[2]，飞镜又重磨[3]。把酒问姮娥[4]：被白发、欺人奈何？　　乘风好去，长空万里，直下看山河。斫去桂婆娑，人道是、清光更多[5]。

【注释】

① 吕叔潜：名大虬(qiú)，作者的朋友，生平事迹不详。② 金波：指月光。③ 飞镜：飞到天上的铜镜，喻月亮。重磨：唐人段成式《酉阳杂俎》载，月亮由七种宝石合成，常有八万二千户工匠持玉斧修磨它。此句言中秋之月如新磨的铜镜般光洁。④ 姮(héng)娥：即嫦娥。姮字本作“恒”，俗写作“姮”，汉代因避汉文帝刘恒的名讳，改称常娥，通常写作嫦娥，为神话中的月中仙女，此处代指月亮。⑤“斫去”三句：化用杜甫《一百五日夜对月》诗中“斫却月中桂，清光应更多”句。斫(zhuó)：砍。桂：桂树，神话中说月中有桂树。婆娑：树影摇曳的样子。

【翻译】

一轮缓缓移动的秋月洒下万里金波，
就像那刚磨亮的铜镜又飞上了天廓。
我举起酒杯问那月中的嫦娥：
怎么办呀？白发日增，好像故意欺负我。

我要乘风飞上万里长空，

俯视祖国的大好山河。

还要砍去月中摇曳的桂树枝柯，

人们说，这将使洒向人间的光辉更多。

水 龙 吟

登建康赏心亭[①]

本篇约作于孝宗淳熙元年(1174),辛弃疾任江东安抚司参议官时。作者登楼远眺,所见大好河山沦于敌手,而自己一腔热血、满腹经纶,却不能一展抱负,长期郁积于中的慷慨不平之气不能自已,故有此作。上片写景抒情,青葱妩媚的远山,都似含愁带恨,向人倾诉着异族统治的痛苦。作者离井背乡,漂泊江南,空有宝刀,无门报国,“把吴钩看了,栏杆拍遍”,仍难排遣胸中的郁闷,愤激之深,于此可见。下片言志感慨,以张翰见西风起而命驾返乡的典故,言自己有家难归,谴责了不思恢复的朝廷执政者和侵占中原大好河山的金人。又以刘备鄙视只知求田问舍的许汜的典故,表明自己不求私利,一心报国的壮志。最后以伤时忧国作结,表达了对国事的深切关心。

楚天千里清秋[②],水随天去秋无际。遥岑远目[③],

献愁供恨，玉簪螺髻④。落日楼头，断鸿声里⑤，江南游子⑥。把吴钩看了⑦，栏杆拍遍，无人会⑧、登临意。　　休说鲈鱼堪脍，尽西风，季鹰归未⑨？求田问舍⑩，怕应羞见，刘郎才气⑪。可惜流年，忧愁风雨⑫，树犹如此⑬！倩何人⑭、唤取红巾翠袖⑮，揾英雄泪⑯？

【注释】

①赏心亭：见前《念奴娇》(我来吊古)注。②楚天：这里泛指江南天空。今长江中下游湘、鄂、赣、苏、浙等地，战国时属于楚国。③遥岑(cén)：远山，这里指长江以北金人占领地区的山岭。远目：极目远望。④玉簪(zān)：碧玉制成的簪子。簪：妇女插在头上固定发髻的长针。螺髻：形似螺壳的发髻。这里是说远山的形状如同玉簪螺髻。以上三句说，纵目远眺，江北形同玉簪螺髻的美丽群山好像在向人们诉说江山分裂的忧愁和对金人的仇恨。⑤断鸿：失群的孤雁。⑥江南游子：客游江南的人，这里是作者自指。辛弃疾家济南，自北南来，故称江南游子。⑦吴钩：古代吴国制造的弯形宝刀，以锋利著称，这里指作者的佩刀。⑧会：理解，懂得。⑨“休说”三句：晋朝的张翰见秋风起，思念家乡的莼菜羹、鲈鱼脍，便弃官返乡。堪：正，正当，指鲈鱼已肥。脍：细切的鱼肉，这里指将鲈鱼切成片做菜。尽西风：即西风尽，秋天快过去了。季鹰：张翰的字。此三句是以张翰自比，说秋天已快过去，却因自己的家乡沦入敌手，已不能像季鹰那样归去了。⑩求田问舍：购置田地和房产。《三国志·魏书·陈登传》记载，许

汜去见陈登，陈登很长时间不同他说话，自己上大床睡，叫许汜睡在下床。后来许汜将这事告诉刘备，刘备说："现在天下大乱，希望你忧国忘家，而你却求田问舍，言论毫无可取之处，陈登怎会同你多说话呢？假如你是碰到我，我就自己睡在百尺高的楼上，叫你睡在地下，岂止是上下床的区别呢！"⑪ 刘郎：指刘备。才气：才华。⑫ 忧愁风雨：因风雨飘摇而忧愁。风雨：喻南宋面临的动荡局势。⑬ 树犹如此：《世说新语·言语》载，晋朝大司马桓温北伐，经过金城，见到他过去种下的柳树已长得十分粗大，便十分感慨地说："木犹如此，人何以堪？"意思是，树都已长得这样大了，人怎会不老呢？上三句说，可惜时光已白白流逝，人已老了，仍在为国家愁风愁雨。⑭ 倩（qiàn）：请。⑮ 唤取：唤来，叫来。红巾翠袖：少女的装束，这里代指歌女。⑯ 揾（wèn）：擦拭。上二句说，有谁能为英雄擦掉伤时忧国的热泪呢？

【翻译】

南国天空，千里一片清秋，
水天相连，秋色无边无畴。
登高遥望江北远处的青山，
如玉簪螺髻那般清丽妩媚，
恰似向人诉说着愤恨忧愁。
落日映照着暮色中的城楼，
失群的孤雁在长空哀鸣，
我这漂泊中的游子仍在江南滞留。
又仔细端详着手中锋利的宝刀，

徘徊楼上，把栏杆一一抚拍，
却无人理解我来登高临水的因由。

不要说现在鲈鱼正可烹煮美味，
那萧瑟秋风已临尽头，
张季鹰可曾驾起归舟？
只知求田问舍的许汜，
恐怕该无颜见那才华横溢的刘侯。
可惜年光像流水一样白白逝去，
风风雨雨，令人忧愁。
连无情的树木都已凋零，
多情善感的人怎能经受？
悲愤交加，涕泗横流，
请谁去唤来为我擦泪的红巾翠袖？

摸 鱼 儿

观潮上叶丞相[1]

淳熙元年(1174)春,叶衡由建康留守被召入朝执政,随即荐辛弃疾为仓部郎官。是年秋,辛弃疾赴临安,并于临安观潮,作此词上呈叶衡。本篇为咏钱塘江潮的佳作,上片形象地描绘了钱塘江潮的磅礴气势和壮观景象。初起的潮水如半空飞翔的鸥鹭,上下起伏,渐闻潮声大作,如战鼓频擂,惊天动地,潮头又如万马千军,推送着海山浪峰奔涌而来。这些比喻生动贴切,将潮水由远及近的动势写得真实形象。然后转入吴儿弄潮,将他们不畏风浪,搏击狂潮的惊人勇气,以及从容安闲的精湛技艺,刻画得维妙维肖。下片由落潮的形势而联想到无辜被杀的伍子胥、功成身退的范蠡,及吴越兴亡的教训,告诫当政者切莫重蹈覆辙。

望飞来、半空鸥鹭,须臾动地鼙鼓[2]。截江组练驱山去[3],鏖战未收貔虎[4]。朝又暮,悄惯得、吴儿不怕蛟龙怒[5]。风波平步[6]。看红旆惊飞[7],跳鱼直上,蹙

踏浪花舞⑧。　　凭谁问，万里长鲸吞吐⑨，人间儿戏千弩⑩。滔天力倦知何事，白马素车东去⑪。堪恨处，人道是、属镂怨愤终千古⑫。功名自误⑬。谩教得陶朱⑭，五湖西子⑮，一舸弄烟雨⑯。

【注释】

①观潮：指观杭州湾的钱塘江海潮，每年农历八月十八日前后最为壮观，观潮人极盛。叶丞相：即叶衡，字梦锡，婺州金华（今浙江金华市）人，官至右丞相兼枢密使。曾向朝廷力荐辛弃疾。②须臾（yú）：一会儿。鼙（pí）鼓：古代的一种战鼓。此句从白居易《长恨歌》“渔阳鼙鼓动地来”句化出。③截江：横截在江面上。组练：“组甲被练”的省称，为古代士兵披挂的两种白色衣甲，语出《左传·襄公三年》：“使邓寥帅组甲三百，被练三千以侵吴。”此处代指军队。此句形容潮势如众多身着白色衣甲的士兵驱逐着一座座山峰。④鏖（áo）战：激烈的战斗。貔（pí）虎：貔与虎均为猛兽，这里用来喻勇猛的军队。此句意谓潮势凶猛，就像勇猛的军队在激战。⑤悄惯得：直使得。悄：直，浑。惯：熟练。吴儿：吴地的青少年，这里指弄潮儿。蛟龙：古代传说中的动物，《山海经》注认为似蛇而四脚小，大十数围，能吞人，以其形似传说中的龙，故称蛟龙。这里喻潮水。⑥风波平步：意谓在风浪中弄潮，好似平地散步。⑦红旆（pèi）：红旗。⑧蹙（cù）：通“蹴”，踩、踏。上三句意谓弄潮儿手持红旗，迎风踏浪起舞，形容技艺高超，气度安闲。⑨万里长鲸吞吐：潮水涨落的气势好像巨大的鲸鱼在吞吐海水。⑩儿戏千弩（nǔ）：意谓古人想用千张弓弩射

退潮水简直如同儿戏。据《宋史·河渠志》记载，五代后梁开平年间，钱武肃王筑海堤于候潮门外，因海潮日夜冲激，筑堤受阻，便以强弩数百射向潮头。弩：古代一种以机械射箭的弓。⑪“滔天”二句：意思是连天的浪潮最终精疲力竭，好像白马驾着素车一样向东退去，这是写退潮形象。素车：不加修饰的马车。汉人枚乘《七发》形容曲江波涛云：“浩浩溰溰，如素车白马帷盖之张。”又传说伍子胥死后，“时有见子胥乘素车白马在潮头之中”。事见《太平广记》卷二九一。⑫“属镂(zhǔ lòu)”句：意思是，伍子胥忠而遭祸，千古为之怨愤。《史记·吴太伯世家》载，春秋时，吴越交战，吴王夫差不听伍子胥的忠告，与越王勾践讲和，又听信谗言。赐属镂剑令子胥自杀，将其尸体装入皮口袋弃于江中，后吴国终被越国所灭。又据传说，伍子胥死后，冤魂不散，年年驱水作潮。⑬ 功名自误：意谓伍子胥为了功名而贻误了自己的一生。⑭ 谩教得：空使得。谩同“漫”，徒，空。教得：使得。陶朱：即春秋时越国大夫范蠡，他助越王勾践灭吴后，考虑到“勾践为人，可与同患，难与处安乐”，于是改姓朱，于陶地(今山东定陶县)经商致富，自称陶朱公。⑮ 五湖：江苏太湖的别称。西子：即春秋时越国美女西施。相传范蠡在会稽(今浙江绍兴市)觅得西施，献于吴王夫差，夫差惑于美色，荒于朝政，吴国终于被越国所灭。吴灭之后，范蠡功成身退，携西施泛舟于五湖之中。⑯ 舸(gě)：大船。一舸弄烟雨：指在烟雨濛濛的太湖中泛舟自适。以上“堪恨处”至“弄烟雨”六句一气贯注，意思是，有人说伍子胥被杀虽是使人怨愤的千古奇冤，但却是他留恋功名，自误其身，才使得范蠡得以携西子徜徉五湖。

【翻译】

望远方，潮水像群群鸥鹭飞来，
上下翻舞，遮蔽了半个天空。
霎时间，潮声如战鼓惊天动地般擂动。
潮头涌起，似队队披挂银色衣甲的士兵，
横截江面，驱赶着座座浪峰。
又像那拼死搏战的猛士愈战愈勇。
朝朝暮暮与狂风激浪搏斗，
直使得吴地弄潮儿不怕那狂怒的蛟龙。
他们在风浪里竟如平地散步一般轻松。
看，江面上红旗招展飞动，
健儿们如飞鱼跃出水面，
脚踏浪花，舞姿轻盈，气度从容。

如今有谁来殷勤相问：
这汹涌的潮头时涨时落，
如万里长鲸把海水吞吐喷送。
世间却竟然有人用千张强弩，
儿戏般妄图去射退潮峰。
为什么滔天怒潮忽然筋疲力尽，
像白马驾着素车渐渐退却向东。
有人说，令人遗憾的是，
伍子胥被杀千古奇冤令人怨愤填胸，
但他实在是自误其身，功名心重。
枉自让范蠡得以功成身退，
携西子遨游在五湖烟雨中。

菩 萨 蛮

书江西造口壁①

此词为淳熙二三年（1175—1176）辛弃疾任江西提点刑狱（主管司法、监察，兼管农桑，官所在赣州）时，路经造口所作。上片由景及情，抒发兴亡之感。郁孤台是赣州名胜，全城最高处，赣江流经其下，作者由郁孤台、赣江水，回想起四十余年前金兵追赶隆祐太后（哲宗皇后、高宗伯母），焚掠赣西的情景。而眼前的现实又是中原久未恢复，不禁无限伤感。下片写对抗战的信心及自己不能亲临战场杀敌的愁闷心情，曲折婉转地表露了对朝廷苟安江南、消极抗战的不满。词全由眼前景色写起，总不离山水二字，但句句又饱含激情，以眼前景道心中事，将满腔的忠愤、悲凉、希望与忧惧一并托出。

郁孤台下清江水②，中间多少行人泪③。西北望长安④，可怜无数山⑤。　　青山遮不住⑥，毕竟东流去。江晚正愁余⑦，山深闻鹧鸪⑧。

【注释】

① 造口：又名皂口，在今江西省万安县西南。② 郁孤台：一名贺兰山，在赣州城西北角，小山上有台。因郁然孤起，突出于平地之上，故名。清江：指赣江，章、贡二水流经赣州合流称赣江，合流处正在郁孤台北。③ 行人：泛指流离失所的广大民众。宋高宗建炎三年到四年（1129—1130）间，金兵曾分两路南侵，一路陷建康、临安，迫使高宗浮舟海上。一路自湖北入江西追隆祐太后，隆祐自洪州（南昌）南逃，到赣州才获安全，赣江两岸人民流离失所，伤亡惨重。此句不直言行人落泪，而说江水中饱含行人之泪，突出了兵祸之苦、亡国之痛。④ 长安：今陕西省西安市，曾为汉唐故都，这里借指北宋都城汴京（今河南开封市），当时被金人占领。⑤ 可怜：可惜。⑥ “青山”二句：意谓青山虽遮住了人们遥望长安的视线，但遮挡不住江水东流而去。⑦ 愁余：使我发愁。⑧ 闻鹧鸪：鹧鸪的鸣声凄厉，古人传说它的叫声像“行不得也哥哥”。上二句是说，在江上暮色苍茫的时候，又听到了鹧鸪那“行不得也哥哥”的叫声，使我对恢复失地的事业能否顺利进行，又担心起来。

【翻译】

郁孤台下江水清澈流淌，

那中间溶进了多少人的血泪哀伤。

举头向西北眺望故都汴梁，

可惜重重高山将我的视线遮挡。

青山阻隔不住这流水的奔涌，
江水毕竟会滚滚东去流向海洋。
站在暮色苍茫的江边我心中愁闷，
深山里的鹧鸪哀鸣使我惆怅。

念 奴 娇

书东流村壁[①]

此词是辛弃疾于宋孝宗淳熙五年(1178)春,由江西安抚使被召入朝任大理少卿,自隆兴(今江西南昌)赴临安(今浙江杭州),途经东流县时所作。上片写作者重游旧地,触景生情,在孤寂凄冷的客馆中,不禁回忆起与自己所爱恋之人的离别情景。如今已人去楼空,往事缥缈,自己的满腹柔肠已无处倾诉,空惹起无限的怅惘之情。下片写自己对所爱之人的思念及对往事的追悔。先说自己所爱恋的人仍然健在,但由于过去自己轻易地与她分别,终酿成难以重圆的悲恨,这愁烦痛苦将永远伴随着自己。更令作者苦闷的是,即使将来能幸运地与她见面,她也已早归别人,可望而不可即了。最后以平添了许多白发结束全词,仍然以深沉的感伤情调收束,给读者留下了回味的余地。这首词写得含蓄蕴藉,有浓郁的抒情色彩,描绘景物如画,比喻也生动贴切。又以眼中所见(野棠花落、楼空人去)、心中所思(曲岸持觞、垂杨系马)、耳中所闻(行人曾见帘底纤月)、胸中所盼(尊前重见)交错抒写,形成带有浓重怅惘情绪的氛围,充分显示了辛词于沉雄豪放之外,自有秾丽婉约的一面。

野棠花落[2],又匆匆过了、清明时节。刬地东风欺客梦[3],一枕云屏寒怯[4]。曲岸持觞[5],垂杨系马,此地曾轻别[6]!楼空人去,旧游飞燕能说。　　闻道绮陌东头,行人曾见,帘底纤纤月[7]。旧恨春江流不尽[8],新恨云山千叠[9]。料得明朝,尊前重见[10],镜里花难折[11]。也应惊问:近来多少华发[12]?

【注释】

① 书:题写。东流:县名,今属安徽省。村壁:村中客馆的墙壁。② 野棠:野生的棠梨。③ 刬(chǎn)地:无端,无缘无故地。欺:东风无情,不让作者梦见所思之人,所以说欺。客:这里是作者自指。④ 一枕:一觉。云屏:云母镶嵌的屏风。寒怯:即怯寒,感到寒冷。⑤ 曲岸:弯曲的河岸边。持觞(shāng):捧着酒杯,即持杯劝饮之意。⑥ 轻别:轻易地、随便地便分别了。这里含有追悔之意。⑦ 帘底:这里是帘后、帘内之意。纤纤月:指细长弯曲如新月的眉毛,一说指美人足,均代指美女。⑧ 旧恨:指过去的轻别。⑨ 新恨:指楼空人去,踪影难寻,亦指下文的"尊前重见,镜里花难折"。云山:云遮雾障的山岭。⑩ 尊前:酒筵前。尊:酒器。⑪ "镜里"句:意思是说自己所怀念的人即使能

重见，她也已是别人的眷属，就像镜子里面的花朵，无法折取了。⑫ 华发：花白的头发。

【翻译】

野棠梨洁白的落花令人感伤，
岁月匆匆，不知不觉已过了清明时光。
东风无故欺负人，惊醒了我的好梦，
枕边的云母屏风也使人觉得冰凉。
想起从前在那弯曲的河道旁，
你曾捧杯劝我饮过酒浆；
枝叶低垂的杨柳系着我的马儿，
我们的分别竟是那样轻率匆忙！
如今已不见你的踪影，
只剩下这孤寂的小楼空房。
过去的欢情不堪回首，
恐怕只有燕子还能诉说端详。

听人说在那繁华的街道东头，
来往行人曾见过帘后你那俏丽的脸庞。
旧有的怅恨如同滚滚江水无穷无尽，
新添的烦愁恰似重重山岭连绵悠长。
料想明天还能在酒宴上与你相见，
你也如镜中的花儿难与我携手成双。
见了我这般愁颜也许你会惊问：
“为什么你的两鬓又添了许多冰霜？”

鹧 鸪 天

东阳道中①

此词约作于淳熙五年(1178)春在京城临安任大理寺少卿时。作者因公赴东阳,于途中即兴而作。暮春三月,正是“江南草长,杂花生树,群莺乱飞”的美好时节。词人于途中尽情领略着大好春光:叠叠青山,碧色环绕,路旁不知名的野花迎春怒放,争相斗艳。而行人历历,马鸣萧萧,旌旗飘飘,浩浩荡荡地跨过一座小红桥,使这美好的春色增添了勃勃生气。在如画的景物描写中,始终荡漾着作者的欢快喜悦之情。大自然美景使他忘却了政务的烦劳和旅途的辛苦,春色撩人,更使他思念起所思之人来,不禁吟哦起相思的诗句。在领略美景中插入相思怀人的描写,在欢快的氛围中闪现出淡淡的离愁,表现了作者丰富的感情世界。结尾构思新巧,妙在既不写景,也不直接言情。而以扬鞭吟哦,以至甩断鞭梢的不自觉动作,状出词人自痴、自醉、自得之态。

扑面征尘去路遥[②]，香篝渐觉水沉销[③]。山无重数周遭碧[④]，花不知名分外娇。　　人历历，马萧萧[⑤]，旌旗又过小红桥。愁边剩有相思句，摇断吟鞭碧玉梢[⑥]。

【注释】

① 东阳：今浙江省东阳市。② 征尘：旅途上扬起的尘土。③ 香篝(gōu)：古人使用的一种薰香的笼子。水沉：即沉香，一种名贵的香料，古代富贵人家所用，因入水能沉，故名。此处泛指香料。此句以香笼中的沉香已消散，暗示上路已久。④“山无”句：此由刘禹锡《金陵怀古》诗“山围故国周遭在”句脱化而来。无重数：数不尽。周遭：周围，四周。⑤“历历”二句：历历：分明的样子。萧萧：马的叫声。⑥ 碧玉梢：用碧玉装饰而成的马鞭顶端。

【翻译】

征尘扑面，路途迢迢，
香笼里的沉香渐渐香气稀少。
重重青山将四周染得碧绿，
不知名的野花分外娇艳妖娆。

人影历历，马鸣萧萧，
打着旌旗的队伍又过了一座小红桥。
我愁思未尽，吟哦着相思的诗句，
不知不觉地摇断了碧玉鞭梢。

水调歌头

舟次扬州，和杨济翁、周显先韵①

绍兴三十一年(1161)，金主完颜亮率军南侵，一度占领了扬州。南宋主战派将领虞允文率军英勇抗击，于采石矶(在安徽当涂县长江畔)大败金兵，完颜亮被部下所杀。时辛弃疾二十二岁，在山东率众二千起义，隶属耿京，为掌书记。耿京被叛徒张安国杀害后，辛弃疾又生擒张安国，并率耿京余部南渡归宋。十七年后，淳熙五年(1178)辛弃疾由大理寺少卿出为湖北转运副使，赴任途中经扬州，身临故地，追昔抚今，感慨万端，而作此词。上片"追昔"，以豪壮语追述当年金兵南侵，宋军列舰江上，以一万八千士卒英勇拒敌，大败完颜亮四十万大军的赫赫战绩。其间用"投鞭飞渡"、"鸣髇血污"、"风雨佛狸愁"三个典故，表现胜利的自信及对敌人的蔑视，最后以苏秦自比，展现年轻时的飒爽英姿。下片转入"抚今"，以愤激语抒写北伐无期、复国无望、时光虚掷、报国无门的悲恨。词意承杨济翁原唱而来，原唱有句云："可怜报国无路，空白一分头。都把平生意气，只做如今憔悴，岁晚苦为谋。”作者感慨自己人未老头已白，欲隐居江湖了此一生，并劝杨、周莫学李广，而应去作太平官僚。这并非作者本意，而是以反语讽刺朝廷现行的苟安政策。全词感情色彩浓烈，上片意气昂奋是为下片悲慨愤激铺垫，强烈的感情落差，强化了英雄失意的无限怅恨。

落日塞尘起②，胡骑猎清秋③。汉家组练十万④，列舰耸层楼⑤。谁道投鞭飞渡⑥，忆昔鸣髇血污⑦，风雨佛狸愁⑧。季子正年少，匹马黑貂裘⑨。　今老矣，搔白首，过扬州。倦游欲去江上⑩，手种橘千头⑪。二客东南名胜⑫，万卷诗书事业⑬，尝试与君谋⑭。莫射南山虎⑮，直觅富民侯⑯。

【注释】

① 次：停留。和：依别人诗词的韵和作一首。杨济翁：名炎正，江西吉水人，诗人杨万里的族弟，曾作《水调歌头·登多景楼》，抒发壮志难酬的感慨，辛弃疾依韵和作此词。周显先：生平不详。② 塞尘起：边境发生战争，此处指金兵南侵。塞尘：塞上的烟尘。③ 胡骑：少数民族的骑兵，此指金兵。猎清秋：在秋高气爽时节进行大规模狩猎活动，此指发动战争。上二句指完颜亮南侵事。④ 汉家：此指南宋。组练：“组甲披练”的省称，指士兵所穿的两种白色衣甲，详见《摸鱼儿》(望飞来半空鸥鹭)注。此处代指装

备精良的军队。⑤ 列舰：排列江上的战船。上二句追述虞允文采石矶大捷事。⑥ 投鞭飞渡：东晋时，前秦苻坚举兵南侵，号称有众九十万，自夸说：把我的士兵的马鞭投入江中，就足以阻断江水。结果淝水一战，大败而回，事见《晋书·苻坚载记》。此处用以暗喻完颜亮南侵时的嚣张气焰。⑦ 鸣髇(xiāo)：鸣镝，一种响箭。血污：指被箭射杀。《史记·匈奴传》载，匈奴头曼单于之子冒顿作响箭，对部下说："我的鸣镝射向谁而你们不立即跟着射，就要被处死。"后来冒顿随父出猎，便用鸣镝射头曼，他的部下也跟着射，头曼遂被射杀。⑧ 佛狸：北魏太武帝拓跋焘的小名。他曾率军南侵刘宋，打到长江北岸瓜洲，遭顽强抵抗，败退，死于宦官之手。上三句暗喻完颜亮南侵亦为部属所杀。⑨"季子"二句：季子：战国纵横家苏秦字季子，曾游说于六国之间，以合纵抗秦。貂裘：貂皮作的皮袄。苏秦去游说秦王时，朋友曾送给他"明月之珠，和氏之璧，黑貂之裘。"上二句以苏秦自比，说自己年轻时也和苏秦一样，为国事奔走。⑩ 倦游：倦于游宦，即厌于作官。⑪ 手种橘千头：三国时丹阳太守李衡曾派人到武陵龙阳泛洲上种橘千棵，临死时对儿子说：我见种下千头木奴(指橘树)，够你日用了。事见《襄阳耆旧传》。⑫ 二客：指杨炎正、周显先。名胜：名士，名流。⑬ 万卷诗书：称赞杨、周二人学问博大。⑭ 谋：谋划，出主意。⑮"莫射"句：《史记·李将军列传》载，汉武帝时名将李广屡建战功，却不得封侯，反被逼自杀，他在蓝田南山闲居时，曾射杀过猛虎。南山：即终南山。⑯ 富民侯：据《汉书·食货志》载，汉武帝晚年曾追悔征伐之事，欲罢战修文，因此封丞相为富民侯。上二句表面上是希望杨、周二人能作太平官吏，而不似李广征战沙场却倒霉一生，实际上是讽刺南宋朝廷大敌当前却不思武备。

【翻译】

落日雄浑，边境上战争的烟尘涌起，
秋高气爽，金兵大举进犯我领地。
看我雄壮的十万大军奋勇迎敌，
江面上排列的战舰如高楼耸立。
谁说苻坚的士兵投鞭就能阻断江流，
想当年冒顿谋杀生父，响箭上染满血迹，
佛狸南侵在风雨中节节败退，
最终也死在他自己的亲信手里。
年轻时我像苏秦一样英姿飒爽，
跨着战马身披貂裘为国奔走出力。

如今我一事无成人已渐老，
搔着白发又经过这扬州旧地。
我已经厌倦了官宦生涯，
真想到江湖间种橘游憩。
你们二位都是东南的名流，
胸藏万卷诗书前程无比。
让我尝试着为你们出谋划策：
不要学李广在南山闲居射虎，
去当个“富民侯”才最为相宜。

满　江　红

江行①，简杨济翁、周显先②

此词和上篇皆为与杨济翁、周显先唱和之作，并都写于江行中，应同为由大理寺少卿调任湖北转运副使（淳熙五年，1178）途中所作。这是一首江上抒怀之作。上片由江行所见引发出对祖国山河的爱恋及因岁月蹉跎、事业不就而产生的倦于宦游的情绪。作者南渡之初及任建康通判时，多在吴楚一带游历，而今往日熟悉的山河却变得迷离仿佛，犹如旧梦一场，"怪都似"、"梦中"的感受，恰切地表露了此时的心境。"笑尘劳"三句，发语凝重，感情沉郁，一"笑"字，既有年华虚度的自嘲，又有事业无成的激愤；一"非"字，表面是对自己前半生的否定，实是出于无可奈何的愤语。下片将现实感慨与怀古之情结合，抒写自己因用世与避世的矛盾而产生的苦闷。作者立于船头，远眺吴楚大地，不禁追怀起曾在这块土地上建立霸业的孙权和与之抗衡的曹操、刘备，然而，他所仰慕的古代英雄已"被西风吹尽"，而眼下自己也是"旌旗未卷头先白”,最后以人间苦乐辗转相继的宿命论作结,感情跌宕,一波三折,追慕、向往、遗憾、无奈种种感触错综交织。这首词抒情方式深沉婉转,抒情语言平铺直叙,作者感情的冲突,心绪的起伏,理想的矛盾都在似乎是平静的叙述中传达出来,不见用力之迹而力透纸背。

过眼溪山③,怪都似④、旧时曾识。还记得、梦中行遍,江南江北⑤。佳处径须携杖去⑥,能消几緉平生屐⑦。笑尘劳、三十九年非⑧,长为客。　吴楚地,东南坼⑨。英雄事,曹刘敌⑩。被西风吹尽,了无尘迹⑪。楼观才成人已去⑫,旌旗未卷头先白⑬。叹人间、哀乐转相寻⑭,今犹昔。

【注释】

① 江行:行舟江上,江指的是长江。② 简:书信,这里作动词用,为“寄赠……书信”之意。杨济翁、周显先:见前《水调歌头》(落日塞尘起)注。③ 过眼溪山:从眼前掠过的山水。④ 怪都似:都非常相似。⑤ 江南江北:长江两岸。⑥ 佳处:风景优美的地方。径须:就应该。径:径直,直接。⑦“能消”句:意思是我这一生能穿坏几双鞋呢?緉(liǎng):双,计算鞋的单位。屐(jī):一种木制鞋。此句用典,据《世说新语·方正》载,阮孚喜制屐,曾叹息说:“未知一生当着几緉屐。”⑧ 尘劳:风尘劳碌,指宦海浮沉。三十九年非:作者作此词时,正三十九岁。暗用《淮南子·原

道》典:"蘧(qú)伯玉(春秋时卫国大夫)年五十而四十九年非。"⑨"吴楚"二句:化用杜甫《登岳阳楼》"吴楚东南坼"句。吴:今江浙一带。楚:今湖南、湖北江西一带。坼(chè):裂开。杜诗的意思是吴楚两地好像被洞庭湖割裂开来,这里暗喻东南一带地域之壮阔。⑩"英雄"二句:曹刘:曹操、刘备。敌:匹敌。据《三国志·蜀志·先主传》载,曹操曾与刘备说:"今天下英雄,唯使君与操耳。"当时孙权正称雄吴楚一带。这句的意思是能与孙权相匹敌的只有曹操与刘备。⑪ 了无:毫无。⑫"楼观"句:暗用苏轼《送郑户曹》诗句:"楼成君已去,人事固多乖。"这里用楼观刚刚修成人已去喻人事调动频繁,使人无法施展才能。⑬ 旌旗未卷:战旗尚未收起,说明战争没有结束,喻复国大业还未完成。⑭ 转相寻:辗转循环。

【翻译】

青山绿水从我的眼前掠过,
极像那往日漫游的山河。
曾记得我走遍了大江南北,
就像在梦中神游故国。
只要是风景优美的地方,
就径直拄上拐杖去尽情游乐。
想想人生是如此短促,
还能把几双鞋子穿破。
可笑我这三十九年仕宦全错,
忙忙碌碌,长年在他乡作客。

东南地域是这样辽阔，
割裂成古代的吴楚两国。
想当年三国的曹操和刘备，
与孙权争雄的业迹可泣可歌。
如今英雄霸业已被西风吹尽，
没留下任何尘迹在大地江河。
楼阁刚刚建成人已离去，
抗战大业未成，鬓发先白。
可叹呵！
人间悲乐总是辗转相继，
现在和过去一样，我已看破。

破阵子

为范南伯寿[①]。时南伯为张南轩辟宰卢溪[②]，南伯迟迟未行，因作此词以勉之。

此词作于淳熙五年（1178），作者正在湖北转运副使任上。此词虽为寿词，却无客套酬语，可谓句句鞭策，句句激勉。范南伯为辛弃疾内兄，很有政治才干，张南轩请他出任卢溪县令，范南伯因对朝廷的政事颇为失望而犹豫不决，时恰逢其生诞，辛弃疾便针对他“迟迟未行”而作此词，鼓励他尽快走马上任，为抗金复国大业施展才干。开篇巧用两个范氏典故，一方面赞扬妻兄与古代的豪杰一样有胆有识，才智非凡，另一方面委婉地劝说他不要学范增玉斗掷地、范蠡弃国归隐，而应自始至终效忠国事。接着转入正面励勉，“君王三百州”五字，笔力厚重，既是激励对方，亦是自励要时刻不忘大宋的万里江山。下片针对范南伯的种种心理，连用四个典故进行劝勉。四个典故含义不同，用法各异。“燕雀”句用反问句式，说明人不可胸无大志，要学鸿鹄而不作燕雀；“貂蝉”句平平叙述要建立功业必须从小卒作起；“却笑”句用调笑语委婉说明卢溪虽然地小，亦能施展才能；“肯把”句反用孔子事，劝其不妨一试牛刀。结尾一句才紧扣祝寿题意。本词十句中有六句用典，好似信手拈来，随意用之，又觉有的放矢，精到自然，足见作者的学识与工力。

掷地刘郎玉斗③，挂帆西子扁舟④。千古风流今在此⑤，万里功名莫放休，君王三百州⑥。　燕雀岂知鸿鹄⑦，貂蝉元出兜鍪⑧。却笑卢溪如斗大⑨，肯把牛刀试手不⑩？寿君双玉瓯⑪。

【注释】

① 范南伯：范如山，字南伯，是作者的妻兄。寿：祝寿。② 张南轩：张栻，字南轩，为南宋抗金名将张浚之子，时任荆湖北路安抚使。因范南伯熟悉北方情况，又有才能，便征聘他任卢溪县县令。辟：征召，聘任。宰卢溪：作卢溪县县令。③“掷地”句：刘郎：刘邦。玉斗：玉制的酒器。典故出自《史记·项羽本纪》：楚汉相争时，在鸿门宴上，项羽的谋士范增暗示项羽杀掉刘邦，项羽不听，刘邦借机溜走，留下白璧一双送项羽，玉斗一双送范增，范增把玉斗摔在地上，拔剑击碎。并愤然说：“竖子（这小子，指项羽）不足与谋，夺项王天下者必沛公也，吾属今为之虏矣！”④“挂帆”句：用春秋时越国大夫范蠡事。见前《摸鱼儿》（望飞来半空鸥鹭）注。扁（piān）舟：小船。此句和上句用两个典故劝说范南伯要始终如一为国效力。⑤“千古”句：

千古流芳的英雄今天又在这里。意思是你应该成为当代的英雄。风流:风流人物,指英雄。⑥ 君王三百州:泛指宋朝全部领土。⑦“燕雀”句:秦末农民起义领袖陈涉年轻时曾说过:“燕雀安知鸿鹄之志哉?”事见《史记·陈涉世家》。鸿鹄(hú):天鹅。⑧“貂蝉”句:意思是大官都是由士卒慢慢晋升的,劝范南伯欲成功业必须从小事作起。貂蝉:古代高级官员帽子上的饰品,此代指大官。元:通“原”。兜鍪(móu):士兵戴的头盔,此代指士卒。典出《南齐书·周盘龙传》:周盘龙出任平北将军、兖州刺史,又加任东平太守,因年老体弱不能镇边,要求解职。回京后反而让他任散骑常侍、光禄大夫,皇帝戏问他:“卿着貂蝉,何如兜鍪?”他回答说:“此貂蝉从兜鍪中出耳。”⑨ 如斗大:像斗一样大小,形容很小。此用《南史·宗悫传》宗悫语:“我年六十,得一州如斗大。”⑩“肯把”句:孔子曾说:“割鸡焉用牛刀?”见《论语·阳货篇》。意思是用牛刀杀鸡,大材小用了。这里反用其意,劝范南伯不妨用牛刀杀鸡试试身手。不:通“否”。⑪ 寿君:为你祝寿。寿在此作动词用,祝寿。玉瓯(ōu):玉制的酒器。

【翻译】

范增愤怒地击碎刘邦送他的玉斗,
范蠡功成带着西施去扬帆远游。
前贤的风流业迹千古不朽,
当代的英雄只有你来成就。
大宋的领土十分辽阔,
建功立名的机会切莫放过。

小燕雀怎能知道天鹅的壮志，
先当士兵才能成为公侯。
别嫌这卢溪地盘狭小如斗，
不妨先用牛刀一试身手。
送上一双玉瓯为你祝寿。

摸 鱼 儿

淳熙己亥①，自湖北漕移湖南②，同官王正之置酒小山亭③，为赋。

此词作于宋孝宗淳熙六年(1179)，当时辛弃疾渡江投归南宋政权已十八年，但始终不得重用，无法实现自己统兵杀敌的夙愿，相反却被派往远离前线的湖南任转运副使。因而颇为失意，心情愁苦。这首词以比兴手法，表达了他深感岁月掷人，报国无门的怨苦怫郁情绪，及希图挽回国家的颓运，却又壮志难酬而莫可如何的怅惋忧愤心境，含蓄地抒发了自己的身世之感和爱国情怀。词的上片写暮春景色。前半以风雨潇潇、落红无数象征南宋国势的危殆。后半写自己虽尽力留春，但春意阑珊，已无可挽留，暗示国运将更加令人忧虑。下片抒情，用陈皇后失宠而希图靠着司马相如的《长门赋》重又争得汉武帝的宠幸的传说，隐喻自己像陈皇后一样遭到疏远，虽想重新得宠，但被谗遭妒，终又耽误佳期，一片深情，无处可诉。接着又以杨玉环、赵飞燕虽得专宠后宫，仍不免化作腐草尘土作比，表明了对阻挠抗金大业、排斥正直之士的群小的鄙薄愤恨之情。最后以斜阳烟柳描画出一幅使人凄迷感伤的暮春晚景，表达了对国事的深重忧虑和关切。这首词笔触曲折含蓄，通篇运用比兴寄托的手法，表面上是伤春、惜春、怨春，写得缠绵哀婉；字里行间又抒发了家国身世之感，表达出怨愤激切的情怀。近人梁启超称赞这首词"回肠荡气，至于此极，前无古人，后无来者"（见梁令娴《艺蘅馆词选》引语），并非过誉之词。

更能消、几番风雨④？匆匆春又归去。惜春长怕花开早，何况落红无数！春且住，见说道、天涯芳草无归路。怨春不语。算只有殷勤⑤、画檐蛛网，尽日惹飞絮⑥。　　长门事⑦，准拟佳期又误⑧。蛾眉曾有人妒⑨。千金纵买相如赋，脉脉此情谁诉？君莫舞⑩。君不见、玉环飞燕皆尘土⑪！闲愁最苦。休去倚危栏⑫，斜阳正在，烟柳断肠处⑬。

【注释】

① 淳熙己亥：即淳熙六年，淳熙为宋孝宗赵昚（shèn）的年号。②"自湖"句：由荆湖北路转运副使调任荆湖南路转运副使。漕：即漕司。南宋的转运使或副使，是负责一路或数路钱粮赋税，兼巡视地方的行政长官。③ 同官：同僚。小山亭：亭名，在湖北转运副使的衙署内。④ 风雨：这里是双关语，既指自然界的风雨，又指国家的祸难。⑤ 算：料想。⑥"画檐"二句：亦为双关语，以蛛网惹飞絮，勉强留

住一点春光，暗喻南宋国势衰微，暂时的偏安局面不足凭恃。⑦“长门事”以下五句：指汉武帝时陈皇后的故事。据《长门赋序》记载，陈皇后失宠后居住在长门宫，曾送黄金百斤给司马相如，请他代写一篇赋以感动武帝，陈皇后因而重新得宠。但《长门赋序》系后人所伪托，并非司马相如之作，《汉书·外戚传》亦无陈皇后请司马相如作赋的记载。这里只是反用《长门赋序》之意，说是因有人妒而误佳期。后世多用“长门”代指失宠后妃居住的地方。⑧ 准拟：定准的，约定好的。⑨“蛾眉”句：是说美人常遭嫉妒，隐喻自己及抗金志士遭小人的谗毁摈斥。辛弃疾在抵达湖南之后所上的《论盗贼札子》中，曾说自己“生平则刚拙自信，年来不为众人所容。恐言未脱口而祸不旋踵”。可见遭妒被谗的感受是十分深切的，此处并非空言。蛾眉：细长弯曲的眉毛，这里借指美人，并隐喻作者自己及力主抗金的爱国志士。⑩ 君：指破坏抗金大业的奸诈小人。⑪ 玉环飞燕：即杨玉环与赵飞燕。杨玉环即杨贵妃，受唐玄宗宠幸，“安史之乱”中被赐死于马嵬坡。赵飞燕为汉成帝的皇后。专宠十余年，平帝时废为庶人，自杀。二人皆专宠而又不得善终。⑫ 危栏：高楼上的栏杆。危：高。⑬“烟柳”句：此句连上句，意思是说国势已如夕阳暮烟，使人痛断肝肠。

【翻译】

还能经受得起几场风吹雨注？

明媚的春天又将匆匆返回她的住处。

我因爱惜春光，常怕花儿开得太早，

何况现在凋谢的花朵已不计其数！
春光啊，请你暂时停下脚步。
听说是，芳草已一直长到天边，
遮断了你归去的道路。
可恨春光不予理睬，竟自匆匆离去。
想来只有那稀疏的蛛网还挂在雕花的檐际，
整天殷勤地挽留着那些飞飏的柳絮。

陈皇后寂寞地在长门宫居住，
她与武帝约定的相见日期又被耽误。
美丽的人儿总遭到别人的嫉妒，
即使用千金买来司马相如的长赋，
缠绵的深情又能向何人去倾诉？
嫉妒的人啊，你不要得意地狂舞，
难道你没见那媚人的杨玉环和赵飞燕，
最终也都化作腐草尘土！
莫名的愁闷最令人痛苦。
不要登上那高楼倚栏远望，
残阳西下，烟柳凄迷景象，令人愁苦。

木兰花慢

席上送张仲固帅兴元[1]

本篇作于淳熙八年(1181)秋,时辛弃疾知隆兴府兼江西安抚使,张仲固以江西转运判官迁知兴元府,他在送别张氏的酒筵上作此词。上片说兴元府是汉高祖开创帝业的基地,当年刘邦曾在那里积极备战,重用贤才,终于使国家从秦末的混乱中重新统一。对比今天,金兵的侵扰日甚一日,而朝廷却不修武备,不用贤才,坐令战马空肥,真令人悲愤难平。下片鼓励张仲固在兴元任上能大展奇才,多有作为,并抒发了与朋友惜别时的依恋之情。

汉中开汉业[2],问此地、是耶非?想剑指三秦,君王得意,一战东归[3]。追亡事,今不见[4],但山川满目泪沾衣[5]。落日胡尘未断[6],西风塞马空肥[7]。　一编书是帝王师[8]。小试去征西[9]。更草草离筵[10],匆匆去路,愁满旌旗。君思我、回首处,正江涵秋影雁初飞[11]。安得车轮四角[12],不堪带减腰围[13]。

【注释】

① 张仲固：张坚，字仲固，原任江南西路转运判官，改官知兴元府。帅：宋代主管路或府的军政长官称为“帅”，这里作动词用，即做兴元知府。兴元：原为汉中郡，唐宋改为兴元府，即今陕西汉中市。② “汉中”句：秦灭亡后，项羽封刘邦为汉王，刘邦以南郑为都城，以汉中一带为基地，与项羽争天下，终于建立了汉朝。③ “想剑指”三句：意谓想当年刘邦占领了三秦之地，非常得意地率师东向，与项羽争夺天下。三秦：秦亡后，项羽三分关中，将秦旧地分给秦的三个降将：章邯为雍王，司马欣为塞王，董翳为翟王，称为三秦。后来刘邦挥兵东下，灭掉三秦，与项羽争帝，事见《史记·高祖本纪》。④ “追亡”二句：刘邦为汉王时：韩信初归刘邦，不得重用，愤而离去，萧何连夜将他追回，又向刘邦力荐，刘邦拜韩信为大将。事见《史记·淮阴侯列传》。⑤ “山川”句：唐诗人李峤《汾阴行》云：“山川满目泪沾衣。富贵荣华能几时？不见祗今汾水上，惟有年年秋雁飞。”此处借用李峤原句，是说极目远眺，遥思故土，泪流沾衣。⑥ 胡尘：指金兵扬起的战争烟尘。⑦ “西风”句：意思是边塞上秋高马肥，正是用兵的时机，朝廷却主和不战，白白养肥了战马。西风：秋风。⑧ “一编”句：《史记·留侯世家》载，张良年轻时在下邳（今江苏邳州）桥下遇一老人。老人赠他一部《太公兵法》，说熟读此书可为帝王之师。后来张良佐刘邦建立了汉朝，为开国元勋。这里是鼓励张仲固像张良一样为国建立殊勋。⑨ 小试：略试才干。征西：西行去就任兴元知府。这句说仲固只要略施才干，就能将

兴元治理好。⑩ 草草：草率，随便。⑪“君思我”三句：想象别后张仲固思念自己的情景。江涵秋影雁初飞：用杜牧《九日齐山登高》诗首句原文。涵：包容。⑫ 车轮四角：车轮生出四角而不能转动。唐陆龟蒙《古意》诗：“愿得双车轮，一夜生四角。”⑬ 不堪：禁受不了。带减腰围：人消瘦而腰围减损，显得衣带宽大。形容自己因思念友人而消瘦。

【翻译】

刘邦在汉中开创了汉朝的帝业，
如今的兴元是不是旧日汉中那个都会？
想当年高祖统率大军攻占了三秦，
春风得意，一战便获胜东归。
当初萧何在月下把韩信追赶，
这样珍惜人才的事今天已不再出现，
只有眼前破碎的河山使人伤心垂泪。
落日里，金人的铁蹄扬起了烟尘，
秋风中，边塞的战马却白白养肥。

张良凭一部兵书成为帝王之师，
现在你西去任职，略试才干与智慧。
这简单随便的饯别筵席刚刚结束，
你便匆忙离我而去头也不回。
就连那旌旗上也布满了愁悲。
路途中想必你定会将我思念，
回头时只望见一江秋色大雁南飞。
怎能使你的车轮生出四角无法前进，
禁受不住的离情，使我衣带渐宽瘦减腰围。

沁 园 春

带湖新居将成①

此词写于淳熙八年(1181)秋季,时作者仍在江西安抚使任上。辛弃疾南渡近二十年来,一直坚持抗金救国立场,却屡遭主和派打击,渐渐感到仕途险恶,时时有被罢职的危险,于是在江西信州带湖,预先营建退隐居所,并题名"稼轩",以明归耕之志。在新居将成时,写下此词抒志,就在本年十二月,终被弹劾落职,此后在带湖闲居十年。本词围绕着"新居将成",抒写自己去与留的心理活动,表现出用世与归隐的激烈矛盾。上片主要写归隐的原因。分为四层,一层一意,层次分明。首三句不直写新居已成而自己未归,而用曲笔写鹤猿惊怪主人为何不归,对归隐的踌躇犹豫,宛然若见;"甚云山"一层,直抒自己既有归隐云山之志,便不应久留官场惹人讥笑;"意倦"三句,深入一层,写自己早已厌倦官场而向往清闲,归隐"岂为莼羹鲈脍",内含深意,引人深思。最后"秋江上"一层暗喻仕途险恶,为全身远祸自己才决计退隐。层层深入,曲折跌宕,写出了由退与留而掀起的胸中波澜。下片描写设想中的生活蓝图。作者在这里修葺书斋，乘舟垂钓，栽竹种柳，观梅赏菊，道尽了归隐之乐。护竹、赏梅、餐菊、佩兰的描写，不仅表现出高雅的生活情趣，而且反映了品格的高洁。结尾处，含蓄而真实地流露出欲隐不忍的复杂心态，实际上词人徘徊犹豫的原因并非是“君恩未许”，而是己意未决。

三径初成②，鹤怨猿惊，稼轩未来③。甚云山自许，平生意气;衣冠人笑，抵死尘埃④。意倦须还⑤，身闲贵早，岂为莼羹鲈脍哉⑥？秋江上，看惊弦雁避，骇浪船回⑦。　　东岗更葺茅斋⑧。好都把、轩窗临水开⑨。要小舟行钓，先应种柳；疏篱护竹，莫碍观梅。秋菊堪餐⑩，春兰可佩⑪，留待先生手自栽⑫。沉吟久，怕君恩未许，此意徘徊⑬。

【注释】

① 带湖：在信州（今江西省上饶市）北灵山下。② 三径：西汉人蒋诩隐居时，曾在居舍前开三径（三条小路），后人便称隐居的家园为“三径”。③“鹤怨”二句：意思是白鹤、猿猴都在埋怨和惊怪主人怎么没有隐居归来。鹤怨猿惊：语出自南齐孔稚圭《北山移文》：“蕙帐空兮夜鹤怨，山人去兮晓猿惊。”稼轩：作者自号。④“甚云山”四句：意思是归隐云山本来是自己平生的志向，怎么能沉沦官场被人讥笑。云山：隐居的云雾山中。云山自许：即自认为有云山之趣。意气：意向，志向。衣冠：古代官吏的服饰，这里

代指士大夫。抵死：至死，终究，总是。尘埃：指污浊的官场。⑤ 意倦：对仕宦厌倦。还：指归隐。⑥“岂为”句：意思是我难道是为了吃到美味佳肴才隐居？表明自己不是为享乐而归隐。莼(chún)羹鲈脍(kuài)：莼：莼菜。鲈：鲈鱼。脍：切细鱼肉作成的佳肴。《世说新语·识鉴篇》载，西晋吴郡人张翰，在洛阳作官，秋风起时，因想起了家乡的莼菜羹和鲈鱼脍，便辞官归家了。⑦ 惊弦二句：大雁因惊怕弓箭而躲避，行船遇到惊涛骇浪而退回。喻官场充满危险，自己应及时退避，以全身远害。⑧ 葺(qì)：用茅草盖屋。⑨ 轩：长廊。⑩ 秋菊堪餐：语出屈原《离骚》：“朝饮木兰之坠露兮，夕餐秋菊之落英。”堪：可以。⑪ 春兰可佩：语出屈原《离骚》：“纫(rèn)秋兰以为佩。”以上两句用餐菊佩兰表示自己的高洁。⑫ 先生：作者自称。⑬ 沉吟：仔细思考。徘徊：犹豫不决。

【翻译】

归隐的园圃刚刚建成，
白鹤猿猴都在惊怪，
主人没有归来。
归隐山林本是我平生的志趣，
为什么甘为士人所笑，总是混迹尘埃？
厌倦了官场就该急流勇退，
求清闲愈早愈好，
岂只是为享受莼羹鲈脍？
你看那秋江上，
听到弓弦响，惊雁急忙躲闪，

行船回头，是因为骇浪扑来。

东岗上盖起那茅屋书斋，
最好是把小窗临湖开。
要划船垂钓，
先种下柳树一排排。
插上稀疏的篱笆保护翠竹，
但不要妨碍赏梅。
秋菊可餐服，春兰能佩戴，
两种花留待我归来亲手栽。
我反复思考，
只怕圣上不准我离开，
归隐之意仍在犹豫徘徊。

水调歌头

盟鸥[1]

淳熙八年(1181)冬,年富力强胸怀救国宏愿的辛弃疾被弹劾落职,次年,他回到了一年前开始营建的江西信州带湖新居,开始了漫长的闲居生活,这首词写于刚刚归隐时。词中抒发了作者对带湖新居的由衷热爱和隐居生活的闲适之情。此词的主要特点在题为"盟鸥",戏用会盟体,在新奇当中有丰富的思想感情内涵。与鸥鸟结盟不仅表现了作者志趣高洁,胸襟旷达,更多的是透露出心境的孤寂与凄凉。自己被朝廷所弃,只有与鸥鸟为友相伴了,而这鸥鸟却并非知己,"不解举吾杯",并不理解作者举杯时的复杂情怀,作者只有从带湖的今昔变化中悟出了"人世几欢哀"的人生哲理。社会与人生都在变迁之中,然而对作者来说,更多的体验应该是"哀"。所以本词是以表面的旷达与闲适掩其心中的苦闷与无奈,抒写政治抱负不能实现被迫闲居的抑郁之情。而这种情感是欲吐不吐,欲露不露,借盟鸥的方式曲折传出的。

带湖吾甚爱[2]，千丈翠奁开[3]。先生杖屦无事[4]，一日走千回。凡我同盟鸥鹭，今日既盟之后，来往莫相猜[5]。白鹤在何处？尝试与偕来[6]。　　破青萍，排翠藻，立苍苔[7]。窥鱼笑汝痴计[8]，不解举吾杯[9]。废沼荒丘畴昔，明月清风此夜，人世几欢哀[10]。东岸绿阴少，杨柳更须栽。

【注释】

① 盟鸥：与鸥鸟结盟，表示脱离官场的羁绊，来到大自然中过鸥鸟一样自由自在的生活。② 带湖：在信州（今江西上饶），淳熙八年（1181），辛弃疾于此建成新居，在此闲居了十年。③ 翠奁（lián）：翠绿色的镜匣，这里用来形容带湖水面碧绿如镜。④ 先生：作者自称。杖屦（jù）：手持拐杖，脚穿麻鞋。屦：用麻、葛制成的鞋。⑤“凡我”三句：表示与鸥鹭结盟，要互相信任，不要猜疑。此句戏用古代会盟语言，《左传·僖公九年》：“齐盟于葵丘曰：‘凡我同盟之人，既盟之后，言归于好。’”鹭：鹭鸶，一种水鸟。⑥ 偕来：一起来。⑦“破青萍”三句：描写鸥鹭在水中窥鱼欲捕的情态。⑧ 痴计：心计痴拙。⑨ 不解举吾杯：不理解我举杯自饮的情怀。⑩“废沼”三句：意思是过去荒凉的废池荒丘，如今变得景色优美。以带湖今昔的变化，感叹人世沧桑，欢乐和痛苦总是相继变化的。畴（chóu）昔：以往，过去。

【翻译】

带湖，我多么喜爱，

你那一碧千顷的湖水，
就像明亮的镜匣打开。
闲暇的我手扶竹杖，脚穿麻鞋，
一日里千百次绕湖徘徊。
和我友好结盟的鸥鸟鹭鸶，
从今后相知相往不要疑猜。
白鹤呵你在哪里？
请和鸥鹭结伴同来。

鸥鹭拨开绿色的浮萍水藻，
独自站立在水边的青苔。
可笑你只知盯住游鱼多么痴呆，
却不懂我此时举杯的情怀。
昔日这里荒丘废池，
今夜已是月色皎洁，清风徐来，
人世间几度欢乐，几度悲哀。
东岸的绿荫尚嫌太少，
还须把杨柳多多来栽。

水调歌头

汤朝美司谏见和①，用韵为谢②

此词作于淳熙九年(1182)，时作者家居带湖。这年春天，辛弃疾作《水调歌头·盟鸥》(带湖吾甚爱)，汤朝美曾依韵奉和，本篇即为辛弃疾答谢汤朝美的和韵而写。上片赞扬汤朝美敢于进谏的精神，对他被贬居蛮荒之地的遭遇表示同情，又预祝他重新被朝廷起用，再展宏图。下片写自己被迫闲居，志不得伸，只能把杯持螯、醉舞狂歌的处境，表达了内心的愤懑与悲凉。

白日射金阙③，虎豹九关开④。见君谏疏频上⑤，谈笑挽天回⑥。千古忠肝义胆，万里蛮烟瘴雨⑦，往事莫惊猜⑧。政恐不免耳⑨，消息日边来⑩。　笑吾庐，门掩草，径封苔⑪。未应两手无用，要把蟹螯杯⑫。说剑论诗余事⑬，醉舞狂歌欲倒，老子颇堪哀⑭。白发宁有种，一一醒时栽⑮。

【注释】

① 汤朝美:名邦彦,宋孝宗乾道八年中博学鸿词科,自负功名,议论英发,官至左司谏兼侍读,曾深得孝宗信用。淳熙三年因事贬官,送新州(今广东新兴县)编管,八年冬移信州(今江西上饶市),与辛弃疾相识。司谏:官名,负责对朝政提出劝告和批评意见。见和:对别人和韵的尊称。② 用韵:用原韵。③ 射:照射。此处"射金阙"语意双关,既指阳光照射金阙,亦指中策。汉代射策取士,以政事、经义等设问,写在简策上,应试者随意抽策对答。唐宋沿为策问,士子逐条对答。此处亦暗指汤朝美中乾道八年博学鸿词科事。金阙:道家谓天上有黄金阙、白玉京,为天帝所居,这里指皇帝的宫门。④ 虎豹九关开:《楚辞·招魂》云:"魂兮归来,君无上天些。虎豹九关,啄害下人些。"是说天上有九重宫门,均有神虎灵豹把守。此处虎豹九关比喻皇宫门禁森严。全句意谓汤朝美冲破重重障碍,终于使皇帝了解了他。⑤ 谏疏:臣下向皇帝提意见和建议的奏章。⑥ 挽天回:即挽回天意,改变了皇帝的决定。天:天意,指皇帝的旨意。刘宰《漫塘集·颐堂集序》称朝美"意气激昂,议论慷慨……君臣之间,气合道同,言听谏行"。⑦ "万里"句:极言朝美贬居的新州遥远荒僻。唐宋时期广东一带被视为蛮荒之地,又多瘴气,故有此说。⑧ "往事"句:意谓贬官放逐已成往事,而今就不必再担惊和猜疑了。⑨ "政恐"句:《世说新语·排调篇》载,东晋谢安在东山隐居时,兄弟中已有居官富贵者,刘夫人对谢安说:"大丈夫不当如此乎?"谢安摸着鼻子说:"但恐不免耳。"即不

免做官。这句是说汤朝美定会被重新起用。政:同“正”。⑩ 日边:皇帝身边。⑪ 径封苔:庭院的小路被青苔覆盖。⑫ 把蟹螯杯:拿着蟹螯和酒杯。《世说新语·任诞篇》载,晋人毕卓曾说:“一手持蟹螯,一手持酒杯,拍浮酒池中,便足了一生。”作者用此典是自嘲闲居的无奈。把:拿着。⑬ “说剑”句:意思是,谈兵论诗已成为酒后的闲事。⑭ 老子:作者自称。⑮ “白发”二句:意谓白发不是酒醉时生长的,而是清醒时愁出来的,极言愁闷之深。

【翻译】

白日照射着帝王的宫阙,
守卫森严的宫门终于为你打开。
我见你进谏的章疏不断上奏,
谈笑间便将皇上的心意挽回。
你对皇帝的忠肝义胆千古少见,
却被送往蛮烟瘴雨的万里之外。
往事如烟已经过去,
不必再为此惊恐疑猜。
你一定会被朝廷重新起用,
好消息必将从京城传来。

可笑我的破庐门掩荒草,
庭院的小径也已长满苍苔。
我的双手并非没有用处,
一手持着蟹螯,一手端着酒杯。
谈兵论诗不是我的正经事,

我整天狂歌醉舞将要东倒西歪。

老子一生，很令人悲哀。

满头白发难道是天生如此？

实在是酒醒后为愁闷所栽。

水 龙 吟

甲辰岁寿韩南涧尚书①

此词作于淳熙十一年(1184)。时作者在带湖闲居,与韩南涧时有来往,二人均积极主张北伐,收复失地,又同被迫在上饶闲居,志意相通,常有词作唱和。上片对国事日非表示愤激,指出宋室南迁以来,没有几人真有志气治理好国家,中原父老盼望恢复又年年失望,而误国权臣对南北分裂却漠不关心,因此恢复失地的重任只有靠真正主张抗战的人士来承担。下片赞扬韩南涧的文章人品功业,期望他振作起来,完成“整顿乾坤”的大业,表现了辛弃疾对国事的关心及乐观精神。

渡江天马南来②,几人真是经纶手③?长安父老④,新亭风景⑤,可怜依旧。夷甫诸人⑥,神州沉陆⑦,几曾回首⑧!算平戎万里⑨,功名本是⑩,真儒事⑪,公知否。　况有文章山斗⑫,对桐阴⑬、满庭清昼⑭。当年堕地⑮,而今试看,风云奔走⑯。绿野风烟⑰,平泉

草木[18]，东山歌酒[19]。待他年，整顿乾坤事了[20]，为先生寿[21]。

【注释】

① 甲辰岁：宋孝宗淳熙十一年。寿：这里作动词用，"给……祝寿"的意思。韩南涧：韩元吉，字无咎，开封人，曾任吏部尚书。徙居上饶时，所居门前有涧水，故号南涧。② "渡江"句：西晋灭亡后，琅邪王司马睿渡江，在建康(今江苏南京)称帝，建立东晋。晋朝皇帝姓司马，故称"天马"。这里借指南宋高宗赵构南渡。③ 经纶手：治理国家的能手。经纶：整理乱丝，后引申为处理政务。④ 长安父老：指代中原沦陷区民众。长安：汉唐故都，这里借指宋都汴京(今河南开封市)，并泛指北方被金兵占领的区域。《晋书·桓温传》载，桓温自江陵北伐，进军至霸上，长安百姓"持牛酒迎温于路，耆老感泣曰：'不图今日复见官军。'"⑤ 新亭风景：《世说新语·言语篇》记载，东晋渡江南下的士族官员，每遇天气晴美的日子，常互相邀约到新亭游玩会饮，一次酒筵上周顗叹息说："风景不殊，正自有山河之异！"(风景如旧，只是山河已经变色了)大家都相视流泪。新亭：又名劳劳亭，故址在今南京市南。此句连上下句，意思是中原父老依然在盼望南师北伐，南渡的士大夫仍旧触景生情慨叹着国土分裂。⑥ 夷甫诸人：《晋书·桓温传》记载，桓温自江陵北伐，过淮、泗一带进入北境时，与僚属一起登楼远眺中原大地，慨叹说："遂使神州陆沉，百年丘墟，王夷甫诸人不得不任其责！"王夷甫，即王衍，西晋宰相，喜清谈，不理政事，值匈奴南侵，遂造成西晋的灭亡。

⑦ 神州：原指中国，这里指中原地区。沉陆：即陆沉，国土沦亡。⑧ 几曾：何尝，何曾。上三句借用王衍清谈误国的事例，批评南宋统治者不思恢复，即使弄得神州陆沉，他们也不屑回首一顾。⑨ 算：论说，议论。平戎万里：指打败金兵，统一祖国万里河山。戎：这里指金兵。⑩ 功名：功业名声。⑪ 真儒事：读书人真正的事业。以上三句是说，完成驱逐敌人、收复失土的功业，才是读书人真正的事业。⑫ 文章山斗：《新唐书·韩愈传赞》说，韩愈死后，他的学说流行起来，"学者仰之如泰山、北斗"。这句是颂扬韩元吉的文名如韩愈一般，被时人目为泰山、北斗。⑬ 桐阴：北宋有两韩氏，门第贵盛，一为相州韩琦一族，一为颍川韩维、韩缜一族。韩元吉系宰相韩维玄孙，其家族中韩亿、韩绛、韩维、韩缜均为北宋名臣，门第显赫。韩元吉著有《桐阴旧话》十卷，记其家世旧事，说他的家族在汴京的宅第门前多植桐木，人称"桐木韩家"。⑭ 满庭清昼：指桐木枝叶繁茂，树荫覆盖满庭，比喻韩氏家族正兴旺发达。⑮ 堕地：出生、诞生。⑯ 风云奔走：指韩元吉在政治上大有作为。⑰ 绿野风烟：绿野别墅的美丽景色。唐宰相裴度退居洛阳，在午桥建别墅名"绿野堂"，与白居易、刘禹锡诗酒相欢，见《唐书·裴度传》。风烟：风物，景色。⑱ 平泉草木：唐宰相李德裕退隐后在洛阳郊外筑"平泉庄"，多植名花异草。⑲ 东山歌酒：东晋谢安寓居会稽东山（在今浙江上虞西南）时，常出外游山玩水，听歌饮酒。上三句均将韩元吉比作前代名相。⑳ 整顿乾坤事了：指完成恢复中原、统一全国的大业。乾坤：天下，国家。㉑ 先生：指韩元吉。

【翻译】

高宗皇帝渡江南来，
有几人算得上是治国能手？
中原父老盼望着王师北伐，
南来士人感慨山河破碎而新亭风景可爱如旧。
王衍那样的庸才清谈误国，
即使神州陆沉，他们何曾翻然回首！
你知道吗，看来平定戎寇收复万里河山，
这样的功业本来是读书人的职守。

何况您的道德文章如泰山北斗，
桐木韩家目前又正是兴旺的时候。
当年诞生在名门望族，
如今正等待您咤叱风云、为国奔走。
虽说您现在像裴度在绿野堂闲居，
又好似李德裕平泉庄赏幽，
更好比退隐东山的谢丞相，
徜徉山水，听歌饮酒。
将来您定能重振雄风，
完成统一大业，功名不朽。
到那时我一定高举酒杯，
再来为您殷勤祝寿。

满 江 红

送李正之提刑入蜀①

淳熙十一年(1184)冬,作者闲居上饶,时友人李正之赴蜀任新职,作者作此词为其送行。词中送别与勉励结合,友朋之情与爱国之情交织,表现了作者对友朋的真挚情感和虽处逆境而爱国之心不减的胸怀。首句开门见山,直点送行入蜀,接着抒写离别时人所共有的感伤情绪,暗示自己中年不得志的境遇。从"东北"句以下,情绪陡转,以乐观的勉励,代替了离别的感伤。首先用诸葛亮上《出师表》和司马相如拟《喻巴蜀檄》两个与蜀地有关的典故,鼓励友人入蜀后,为国效力,建功立业。用典精切,寓意深刻,诚挚之情,溢于言表。下片重点抒发对祖国大好河山的热爱。"荆楚路,吾能说"六字,亲切平和。下面历数入蜀途中的盛景:庐山秀色,赤壁江浪,襄阳明月,作者对这一切是这样熟悉,表现了对祖国的深厚感情。结拍回应篇首,以万里雪飘,梅花盛开。相互忆念作结,词意隽永,情韵悠悠,令人回味无穷。

蜀道登天②，一杯送绣衣行客③。还自叹：中年多病，不堪离别④。东北看惊诸葛表⑤，西南更草相如檄⑥。把功名、收拾付君侯，如椽笔⑦。　儿女泪，君休滴；荆楚路，吾能说⑧。要新诗准备，庐山山色。赤壁矶头千古浪⑨，铜鞮陌上三更月⑩。正梅花、万里雪深时，须相忆⑪。

【注释】

① 李正之：李大正，字正之，曾两度任江淮等路的提点坑冶铸钱公事（主管采铜铸钱的官员），淳熙十一年（1184）冬，改任利州路（辖境包括今四川北部、陕西汉中西部地区）提点刑狱使，作者作此词为其送行。提刑：提点刑狱使的简称，主管司法、刑狱、监察事务。② 蜀道登天：化用李白《蜀道难》“蜀道之难，难于上青天”句，形容入蜀道路之艰难。③ 一杯：一杯酒。绣衣：汉武帝时，曾设绣衣直指官派往各地审理重大事件，这种官员身穿绣衣，表示尊贵。李大正此次去任提点刑狱使与绣衣直指官职务相近，所以这里以“绣衣”借指李大正。④ “还自叹”二句：化用《世说新语·言语篇》典：谢安对王羲之说：“中年伤于哀乐，与亲友别，辄作数日恶（心中要难过几天）。”病：这里指心情忧伤。⑤ 东北看惊：在东北方向的曹魏对蜀汉北伐应感到震惊。诸葛表：三国时，诸葛亮出师北伐曹魏，曾上《出师表》给后主刘禅以明志。⑥ 草：草拟。相如檄：据《史记·司马相如传》载：西汉武帝时，唐蒙在蜀地征发大批吏卒去西南地区修路，而用军法管理，使巴蜀百姓惊恐，武帝命司马相如作《喻巴蜀檄》来安抚百姓，并说明征发吏

卒不是皇帝的旨意。檄(xí):檄文,告示。⑦ 君侯:汉代对列侯的尊称,这里指李正之。如椽(chuán)笔:像椽子一样的巨笔,形容大手笔。椽:架屋顶的圆木条。据《晋书·王珣传》:"珣梦人以大笔如椽与之,既觉,语人曰:'此当有大手笔事。'"这里用这个典故赞美李正之的文才。⑧ 荆楚路:今湖南、湖北一带,李正之赴蜀的必经之路。作者曾在两湖任官,对当地很熟悉,所以说"吾能说"。⑨ 赤壁矶(jī):又名赤鼻矶,在今湖北省黄冈西北。苏轼在黄冈写下了前后《赤壁赋》和《念奴娇·赤壁怀古》词,词起句云"大江东去,浪淘尽、千古风流人物"。辛词"千古浪"即化用此意。⑩ "铜鞮陌"句:化用唐代雍陶《送客归襄阳旧居》诗"唯有白铜鞮上月,水楼闲处待君归"句意,抒发对友人的牵念之情。铜鞮(tí)陌:在今湖北襄阳。⑪ "正梅花"两句:暗用古人寄梅相忆典。据盛弘之《荆州记》载:陆凯与范晔友善,曾自江南寄梅花一枝给在长安的范晔,并赠诗曰:"折梅逢驿使,寄与陇头人。江南无所有,聊赠一枝春。"

【翻译】

去蜀的道路像登天一样艰难,
举起酒杯送你远行去蜀川。
我常叹人到中年多病多忧患,
难以经受住离别的辛酸。
你会像诸葛亮上表出师,
令东北方的曹魏心惊胆寒,
你会像司马相如草拟檄文,

使巴蜀百姓得到抚安。
此去你定能建立功名，
因为你才华出众，大笔如椽。

临别时不要洒泪如痴情儿女，
入蜀的道路我都熟悉能言。
一路上你要准备赋出新的诗篇，
歌颂那秀丽妩媚的庐山。
赤壁矶头巨浪滔天，
铜鞮陌上月色皎然。
呵！当梅花怒放，万里雪飘时，
我们将深挚地相互忆念。

千 年 调

蔗庵小阁名曰“卮言”①，作此词以嘲之

此词作于淳熙十二年(1185)前后，时作者在带湖闲居。友人郑汝谐将宅第小阁取名“卮言”，本有自谦之意，作者却从“卮”字着眼，借题发挥，写成这首别具一格的讽刺小品。词的上片用比喻，借酒卮的俯仰之态、滑稽和鸱夷斟酒时频频弯腰的可笑形象、药不死人也治不好病的甘草习性，描绘了朝廷大员八面玲珑的丑态。下片言自己孤傲，不为习俗所容，言动触咎，几度碰壁之后才领会到一些处世诀窍，但不愿像秦吉了那样以学舌他人了却终生。通篇语言诙谐而词旨激愤，对那些只图保住一己爵禄而不恤国事的官僚，表示鄙视和愤慨，淋漓痛快地嘲讽、挖苦了趋炎附势、阿谀逢迎的官场腐败风气。

卮酒向人时②，和气先倾倒。最要然然可可③，万事称好。滑稽坐上，更对鸱夷笑④。寒与热，总随人，

甘国老[5]。　　少年使酒[6]，出口人嫌拗[7]。此个和合道理[8]，近日方晓。学人言语，未会十分巧。看他们，得人怜，秦吉了[9]。

【注释】

① 蔗庵：作者友人郑汝谐在信州（今江西上饶市）居所的室名。郑汝谐，字舜举，福建人，力主抗战，此时正知信州。卮（zhī）言：缺乏主见之言。《庄子·寓言》："卮言日出，和以天倪。"后人常用卮言作为对自己著作的谦词。② 卮：古代一种盛酒的器皿，装满酒则向前倾，空时便仰起。作者以此讽刺那些一团和气，对权贵点头哈腰的势利小人。③ 然然可可：形容毫无主见、唯唯诺诺，对任何事都说可以的人。④ "滑（gǔ）稽"二句：滑稽：古代的一种斟酒器具，它倒光又斟满，可以不停地斟酒，作者借它讽刺那些花言巧语逢迎别人的人。鸱（chī）夷：古代一种盛酒用的皮口袋，作用与滑稽相同。此二句意思是，滑稽和鸱夷臭味相投，难分彼此。⑤ 甘国老：指中药甘草。它药性平和，能调和中药，药方中常要用它，人称"甘国老"，作者借它讽刺那些不分是非、八面玲珑的人。⑥ 使酒：喝了酒便任性而为。⑦ 拗：固执，不顺从。⑧ 和合：以调和折中的态度处世。⑨ "看他们"三句：怜：爱，喜欢。秦吉了：善学人言的一种鸟，又名鹩哥。白居易《新乐府·秦吉了》中形容它"耳聪心慧舌端巧，鸟语人言无不通"。

【翻译】

就像个前倾后倒的酒卮，

倒酒时满面和气，点头弯腰。
最要紧的是随声附和，唯唯诺诺，
面对万事都只说：“好好！妙妙！”
又像在酒筵上滑稽对着鸱夷笑，
百般殷勤不停把酒倒。
寒症热病都能调和治疗，
哪剂药也少不了“国老”甘草。

少年时我好酒使性，
说出话来不合流俗又执拗。
这个八面玲珑的处世诀窍，
时至今日我才渐渐知晓。
可惜我对人云亦云这一套，
还没有学得十分乖巧。
瞧他们多讨人喜欢，
成了个张口学舌的秦吉了。

清　平　乐

独宿博山王氏庵①

辛弃疾罢居信州带湖期间，时常到附近的名胜博山游览，并以途中所见所感为题材，写了十余首词，此为其中一首。在一个风雨交加的夜晚，作者投宿在王氏的一间破旧草屋中，环境孤寂而凄凉，作者即景生情，百感交集，写下这首词。上片抓住了室内有代表性的景物特征描绘了王氏庵的荒凉破败：饥鼠绕床，蝙蝠翻飞，破窗纸沙沙作响，渲染出空寂冷清的气氛。在这样的环境中怎能入眠？便引出了下片的无穷感慨。作者大半生为国事奔走的往事一幕幕出现在眼前，如今落职回乡，白发苍颜而一事无成，这感慨中蕴含着无穷的辛酸与悲愤。尽管遭受如此沉重打击，但梦中醒来，眼前展现的仍然是祖国的万里山河，一位忠贞的爱国志士的形象，耸立在读者面前。此词写景真切，感情浓烈，以凄凉之景反衬强烈的爱国之情，在辛弃疾抒写爱国情感的词中别具一格。

绕床饥鼠，蝙蝠翻灯舞。屋上松风吹急雨，破纸窗间自语②。　　平生塞北江南③，归来华发苍颜④。布被秋宵梦觉⑤，眼前万里江山。

【注释】

① 博山：在今江西省广丰县，“南临溪流，远望如庐山之香炉峰”。（《大清一统志・江西广信府》），作者闲居信州时，常往来于博山道中。庵：茅屋。② “破纸”句：意思是窗纸破了，风吹发出音响，好像在自言自语。③ “平生”句：作者生于北方，又曾两次北“抵燕山，谛观（金人）形势”。后在北方参加抗金义军，二十三岁南归后，在南方做地方官多年，所以足迹遍于塞北江南。④ 归来：指免官归隐。华发苍颜：头发花白，面容苍老。⑤ 梦觉：梦醒。

【翻译】

饥饿的老鼠绕床乱窜，
蝙蝠在灯前飞舞腾翻，
松林的风夹着急雨朝屋顶打来，
吹破的窗纸沙沙作响，像是在自语自言。

我一生走遍了祖国的塞北江南，
如今闲居归家已是面容苍老，白发斑斑。
秋夜里从布被中突然醒来，
眼前仍然展现着祖国的万里江山。

鹧 鸪 天

博山寺作①

作者退居带湖一段时间后，经过冷静的回顾、前瞻和思考，出仕的念头渐渐淡漠，便写下此词抒发对官场的厌弃及安于归隐的心态。词中紧紧围绕着“归隐”抒情写志，先表归隐之决心，再述归隐的思想基础，最后抒归隐之乐。开端直抒对仕宦生活的厌弃，“不向”二字下得坚实有力，表示与官场告别的坚定意志。“却教”句扣紧“博山寺作”题意。“味无味”二句，深含哲理，作者从老庄的“无为而为”的处世哲学中，找到了思想支柱，使之成为自得其乐度此生的精神依托。下片先写自己独立不阿的品德操守，为了摆脱官场的约束，恢复独立自守的人格，只有归隐。“人间”句，囊括了作者大半生宦海浮沉的经历，有此阅历才能体悟到官场污浊，只有退隐才能保持清高纯洁。最后以归隐之趣作结。“真”、“好”二字深含回归大自然之乐，与松竹花鸟结为朋友，共为兄弟，趣味无穷，乐在其中。这首词直抒胸怀，以简洁明快的语言剖露自己的思想，倾吐了一片真情。

不向长安路上行[②]，却教山寺厌逢迎[③]。味无味处求吾乐[④]，材不材间过此生[⑤]。　　宁作我[⑥]，岂其卿[⑦]。人间走遍却归耕。一松一竹真朋友[⑧]，山鸟山花好弟兄[⑨]。

【注释】

① 博山寺：据《广丰县志》，寺在江西广丰县西南，本名能仁寺，五代时由天台韶国师始建，有绣佛罗汉留寺中，南宋绍兴年间，有悟本禅师奉诏开堂，辛弃疾曾为之作记。② 长安路：京城之路，暗指仕途，作官之路。③ 山寺：指博山寺。厌逢迎：厌倦迎接自己，说明去博山寺次数之多。④“味无味”句：意思是在无味中求有味，悟得人生的乐趣。语出《老子》第六十三章：“为无为，事无事，味无味。”意思是以“无为”的态度去作为，以不搅扰生事的方式去作事，求真味于无味。⑤“材不材”句：意思是在成材与不成材之间度过此生。语出《庄子·山木篇》：庄子路过山里，见有些大树因不成材而伐木者不去砍它，到朋友家作客，朋友宰杀不会鸣叫的雁来招待他。第二天，弟子问：“昨日山中之木以不材得终其天年，今主人之雁以不材死，先生将何处？”庄子笑曰：“将处于材与不材之间。”⑥ 宁作我：意思是要保持独立的人格，不受人限制。语出《世说新语·品藻篇》：桓玄年轻时和殷浩齐名，常有互相竞争之心。桓玄曾问殷浩：“你比我怎么样？”殷浩回答：“我与我

周旋久，宁作我。”⑦ 岂其卿：难道是靠公卿的力量吗？卿：古代高级官名、爵位名。语出扬雄《法言·问神》：有人问：君子最怕奋斗终生而无名，为什么不投靠公卿来出名？扬雄回答说：君子应靠德行求名声，有的人富贵而无名，有的人躬耕却“名震于京师，岂其卿，岂其卿”。作者用此典表达自己不靠权贵求名声的操守。⑧ “一松”句：化用元结《丐论》语：“古人乡无君子，则与云山为友；里无君子，则与松竹为友，座无君子，则与琴酒为友。”⑨ “山鸟”句：化用杜甫《岳麓山道林二寺行》诗句：“一重一掩吾肺腑，山鸟山花共友于。”友于，指弟兄。

【翻译】

不愿向京城路上去求富贵功名，
往来频繁使博山寺厌于逢迎。
以无味为味求得人生乐趣，
在成材与不材之间渡过此生。

宁可保持自己独立的人格，
岂肯去投靠那些权贵公卿？
走遍了塞北江南，如今却解甲归耕。
那一松一竹才是我真正的朋友，
山鸟山花才是我最好的弟兄。

丑 奴 儿

书博山道中壁①

这首词亦写于闲居带湖时,词中突出地写一个"愁"字,用的是今昔对比的手法,以昔衬今。上片写少年时因涉世尚浅,本来无愁,为觅诗句却强说愁。这时的愁是无病呻吟的闲愁。下片以今天之愁与少年之愁对比,随着年龄增长,阅历加深,今天才真正懂得了愁的滋味。从"不识"到"识尽",一字之差,道尽了半生的坎坷浮沉和人生的苦涩艰辛。这里愁的内容已和上片迥然有别,是国愁家愁,事业未就之愁,这才是人生真正的愁。结尾处的"天凉好个秋"是补足"欲说还休",不说愁而说"今天天气很好",正是愁到极点的表现,愁绪更加浓重、深沉。词中上、下两片各用了一对重复句,加强了抒情效果,上片两个"爱上层楼"突出了无聊之极的心态;下片两个"欲说还休"渲染了心中有苦难言的痛楚。本词语言平易,富有哲理,感情深沉,艺术感染力极强,不但新人耳目,而且摇人心旌。

少年不识愁滋味，爱上层楼。爱上层楼，为赋新词强说愁[2]。　　而今识尽愁滋味，欲说还休。欲说还休，却道“天凉好个秋”！

【注释】

① 书：题写。② 强：勉强。

【翻译】

少年时我不懂什么是忧愁，
闲来时喜欢登上高楼。
我喜欢登上高楼，
为写新词，无愁也要强说愁。

如今我已尝尽了愁的滋味，
想说愁而又不说愁。
想说愁而又不说愁，
却说“天气凉爽好个秋！”

清　平　乐

博山道中即事[1]

本篇作于闲居带湖期间，“即事”就是抒写眼前所见之事。上片先写骑马经过溪边时所见景色。“宿鹭”二句，以细腻入微的观察，描写栖宿水边的白鹭的睡态：它们头对着水边的沙丘，睡梦中也不时晃动身躯。作者因此想象它们可能梦见了鱼虾，好象随时要钻入水中捕捉食物。下片写水边浣纱女的动态：在明月疏星的映照下，浣纱的妇女们边劳作边嬉笑，直到看见生人走来，才含笑转身回家，这时村中人家的门前传来了孩子的啼哭声。上下二片纯用白描，一写物，一写人，一静、一动，互相映衬，勾画出一幅生动的农村淳朴生活图画。

柳边飞鞚[2]，露湿征衣重[3]。宿鹭窥沙孤影动[4]，应有鱼虾入梦[5]。　　一川明月疏星，浣纱人影娉婷[6]。笑背行人归去[7]，门前稚子啼声。

【注释】

① 博山：见前《清平乐》(绕床饥鼠)词题注。② 飞鞚(kòng)：骑着马飞跑。鞚：马络头，这里代指马。③ 征衣：旅途中穿的衣服。④ 宿鹭：栖宿的白鹭。窥：探看。⑤ 应有：想必有，大概有。⑥ 浣(huàn)纱：洗涤织品。娉婷(pīng tíng)：形容妇女美好的体态。⑦ 行人：过路之人。

【翻译】

骑着马儿飞快地穿过柳树丛，
露水打湿的衣衫也比原先沉重。
栖宿的白鹭窥探着水边的沙丘，
孤单的身影好像在微微晃动。
想必是在睡梦里发现了鱼虾，
又以为该去捕捉鱼蚌虾虫。

水里倒映着满天明月疏星，
浣纱的村女身姿美好娉婷。
猛然瞥见生人走来，
她们嬉笑着转身往家中前行。
远处村落人家的门前，
传来了孩子的啼哭声。

丑奴儿近

博山道中效李易安体①

辛弃疾闲居带湖时，时常往来于博山道中，这首写景抒怀之作，即写于此。上片以清雅疏淡之笔，描绘博山道上的景色。开头简洁的三句，写出夏日天气易骤变的季节特征，只见千峰云起，忽然下起了一阵急雨，“一霎儿”用得非常精确，形容这雨下得急，停得也快。一会儿雨过云消，远树斜阳，清新明丽。这景致实在让人动情，才引发出了“怎生图画”之赞叹。再往前行，只见酒旗飘飘，山外别有人家，为下片的“醉”埋下伏笔。接着用叙述的笔调直接抒情：我只想在这秀丽的山光水色之中，悠闲地度过这个夏天。上片在悠闲惬意的情绪中歇拍。过片，由道中而至屋舍，写景的目的在于抒情，“午醉”呼应上片的“青旗卖酒”，屋舍周围景色清幽，松竹潇洒，野鸟闲暇，衬托出主人公意趣之闲静脱俗，心境之恬淡平和。接着从野鸟引出了白鸥。作者曾在《水调歌头》（带湖吾甚爱）中表示“凡我同盟鸥鹭，今日既盟之后，来往莫相猜”。可今日这鸥鸟欲下不下，莫非是另有考虑，想悔弃前约？这风趣的一问，在平静的描写中掀起一个微澜，同时隐约透露作者在闲居中，心境并非完全平静悠闲。这首词题“效易安体”，仿效李易安“用浅俗之语，发清新之思”（彭孙遹《金粟词话》）的风格，语言通俗、明快、清新、洒脱，而其中的风趣幽默，轻松自如则是稼轩自己这一类词的特色。

千峰云起，骤雨一霎儿价②。更远树斜阳③，风景怎生图画④！青旗卖酒⑤，山那畔别有人家。只消山水光中⑥，无事过这一夏。　午醉醒时，松窗竹户⑦，万千潇洒⑧。野鸟飞来，又是一般闲暇。却怪白鸥，觑着人欲下未下⑨。旧盟都在⑩，新来莫是，别有说话⑪？

【注释】

① 效：模仿，仿效。李易安体：北宋末南宋初著名女词人李清照，号易安居士，其词风格清新自然，语言通俗如话又不失典雅，对后世影响很大，称李易安体。此词是作者效仿李清照词风格写成。② “骤雨”句：忽然下起了一阵急雨。一霎儿：一阵。价：语助词，犹“地”。③ 斜阳：这里不是指夕阳，而是上午斜射的阳光。④ 怎生图画：怎样才能描画，“图画”在这里作动词。⑤ 青旗：古代酒店挂的布招牌多为青色，故称青旗。⑥ 只消：只须。山水光：山光水色。⑦ 松窗竹户：窗户外种满松树竹子。⑧ 潇洒：舒畅、轻

快。⑨ 觑（qù）：看，窥伺。⑩ 旧盟：以前和白鸥交友订立的盟约。作者曾写有《水调歌头》（带湖吾甚爱）一词（见前），表示和鸥鹭定盟约交友。⑪ “新来”二句：意思是现在你莫非是改变了主意，悔弃盟约，另有打算。新来：近来。

【翻译】

千山万岭涌起了乌云，
一阵子急雨突然降下，
远处更有绿树丛丛，阳光斜照，
这美丽的风景让我怎样描画。
遥望远处挑出青色的酒旗，
呵！山那边还有人家。
我只想在这水光山色之中，
无忧无虑地度过今夏。

午后我从醉梦中醒来，
见青松翠竹的倩影映上窗纱，
这景致真是万般幽静潇洒。
山中的野鸟时时飞来，
更增添了生活的闲暇。
奇怪呵，那天上的白鸥，
为什么窥视地面想下又不肯飞下。
我们的旧盟依然还在，
可你现在莫非有翻悔的话？

水 龙 吟

题雨岩[1]。岩类今所画观音补陀[2]。岩中有泉飞出，如风雨声。

此词作于带湖闲居期间。描摹雨岩瑰丽、神秘的胜境。上片写雨岩穴中玲珑剔透、似穿如碍的洞窍，嶙峋怪异、将落未落的石乳，总归于桃源仙境。下片以卧龙鼻息、洞庭仙乐、湘灵鼓瑟、松吟风雨，具体摹拟飞泉音声，最后以赞叹茫茫难晓的大自然造物主作结。中国诗歌中描绘、赞颂大自然美景的诗篇甚多，成就甚高。但宋词中通篇描摹山水风景的作品不多。辛弃疾的这首词，以细微的观察，奇异的想象，磅礴的气势状写鬼斧神工般的自然美景，抒发自己畅游雨岩的体味、感受，表达了对祖国山水的挚爱之情，是辛词中别具一格的杰作。

补陀大士虚空[3]，翠岩谁记飞来处[4]？蜂房万点，似穿如碍，玲珑窗户[5]。石髓千年，已垂未落，嶙峋冰柱[6]。有怒涛声远[7]，落花香在，人疑是、桃源路[8]。

又说春雷鼻息，是卧龙、弯环如许[9]。不然应是：

洞庭张乐⑩，湘灵来去⑪。 我意长松，倒生阴壑，细吟风雨⑫。 竟茫茫未晓⑬，只应白发，是开山祖⑭。

【注释】

① 雨岩：在江西广丰县西博山。② 类：像、似。观音补陀：即佛教所说的观音菩萨，又称观自在菩萨。观音：本作观世音，佛经上说，烦恼众生只要一心念诵观音佛名，菩萨便“观其音声”，世人的烦恼“皆得解脱”，故名“观世音”。唐代因避太宗李世民讳，省去“世”字，后遂称观音。补陀：一般写作普陀，即普陀落伽山，在今浙江舟山市，佛经说是观音菩萨说法之处。③ 补陀大士：此处指观音菩萨。虚空：佛家语，意谓世间万物本虚无空寂。这里指形似观音的雨岩洞中空阔。④ 翠岩：绿色的山岩，这里即指雨岩。⑤“蜂房”三句：意思是，雨岩中的洞穴若通若隔，如成千上万个蜂窝，又如一扇扇小巧玲珑的窗户。穿：贯通。碍：阻塞。⑥“石髓”三句：意思是：洞中的千年石钟乳垂挂半空，将落未落，石笋则如根根峻峭直立的冰柱，植插地面。石髓：即石钟乳。嶙峋（lín xún）：这里是林立峻峭的样子。⑦ 怒涛声远：指岩中泉水喷涌，其声如阵阵怒涛渐渐远去。⑧ 桃源路：通向桃花源中的小路。陶渊明《桃花源记》说，武陵渔人误入桃花源，“芳草鲜美，落英缤纷”，景色清幽。山中有村落，人们隔世而居，怡然自乐，不复知人间盛衰兴亡。⑨“又说”三句：意思是，又有人说春雷般的山泉涛声，是泉底盘旋着的卧龙的鼾声。鼻息：鼻中进出的气息，即鼾声。弯环：弯成环形，即盘旋屈曲。⑩ 洞庭张乐：《庄子·天运篇》说，“（黄）帝张咸池之乐于洞庭之野”。后

世多以洞庭张乐指称美妙的音乐。⑪ 湘灵：神话中的湘水女神。《楚辞·远游》云："使湘灵鼓瑟兮，令海若舞冯夷。"后世亦以湘灵鼓瑟代指美妙的音乐。湘灵来去，意为湘灵鼓瑟徘徊。⑫"我意"三句：意思是，我却认为雨岩的泉声如同倒生在背阴的山岩上的长松在风雨中低唱细吟。倒生：倒挂而生，极写壑之高险。阴壑：背阴的山谷。⑬ 竟茫茫未晓：意思是，雨岩的美景是如何形成的，实在令人茫茫难晓。⑭"只应"二句：意思是，那开凿雨岩的祖师，如今定已白发苍苍了吧。开山祖：佛教徒称建立寺观、始创基业的僧人为开山祖师，后世泛指各行业中开宗立派的人。

【翻译】

状如观音的雨岩洞中多么空阔，
绿色的山岩谁记得它的来处？
岩中的洞穴如万点蜂窝，
好像处处贯通，又似时有隔断，
像扇扇小巧玲珑的窗户。
千百年来凝成的石钟乳，
垂挂在头顶将落未落，
根根石笋犹如峻峭挺拔的冰柱。
岩中山泉喷涌，
泉声如怒涛远去。
飘落的花瓣幽香未散，
令人疑惑走上了通往桃源的仙路。

又有人说那泉声像春雷般轰鸣，

是泉底屈曲的卧龙鼾声大作。
不然便是洞庭之野演奏的咸池之乐，
或是湘水女神来来去去鼓瑟起舞。
我说泉声似风雨中的松涛吟啸，
那些长松深深倒挂在阴谷的泥土。
可叹大自然的奥秘茫茫难晓，
那早已白发苍苍的神人，
也许正是雨岩的开山老祖。

生 查 子

独游雨岩

此为独游雨岩即兴之作，亦写于带湖闲居期间。溪边照影，水清见底，溪底又映出蓝天的倒影，水中的蓝天又飘浮着朵朵白云，人影映在水中，好似浮游在蓝天白云里。作者临溪照影，得此境界，不禁心旷神怡，放怀高歌。但山谷里与作者的歌声应和的只有淙淙流水，又不禁顿觉孤寂苦闷。作者因寂寞而独游，而独游却倍觉寂寞。字里行间曲折地透露出词人被迫闲居后的孤愤与知音难求的苦闷。行文虽造语平淡，但境界高奇巧妙。

溪边照影行，天在清溪底。天上有行云，人在行云里。　　高歌谁和余①？空谷清音起②。非鬼亦非仙，一曲桃花水③。

【注释】

① 和（hè）：这里是应和、跟着唱的意思。余：我。

② 空谷：空寂的山谷。清音：这里指山谷中流水的声音。

③ 一曲：一湾。桃花水：黄河二月、三月的流水称桃花水，这里因山溪边盛开桃花，即景借用，兼明时令。

【翻译】

我傍着山溪独自行走，
身影倒映在溪水里。
蓝天更在清澈的溪底。
朵朵白云在水中飘浮，
我仿佛行走在云天里。

我兴奋地引吭高歌，
又有谁来应和答理？
空旷寂寞的山谷中，
只有淙淙溪水的鸣声响起。
非鬼非仙的清幽境界，
一湾溪水，落红片片，令人更觉孤寂。

鹧 鸪 天

游鹅湖①，醉书酒家壁

本篇作于带湖闲居期间。这首小词描绘了一幅村居小景，同时抒发了作者不能忘却国事，无可奈何的忧烦情绪。作者以清新的语言，白描的手法，描画了村居生活的几个断面：春日原野上荠菜花盛开；雨后群鸦在田野中觅食；牛栏西畔遍种桑麻……作者撷取了这些乡村中举目便见的平凡景色入词，散发出浓厚的乡土气息，产生了艺术魅力。然而，作者并不是纯客观地写景，篇中始终贯穿着一个“闲”字，透过“闲”，可窥见作者复杂的心境。词中写了农人之“闲”，他们“闲意态，细生涯”，农家女趁农闲走趟娘家，这是真正的悠闲。而作者闲居家中，独游无聊，青帘赊酒，虽亦可谓“闲”，而这种“闲”，却是无可奈何之闲，与本心相去甚远，难怪他白发频添，要借酒消愁。词中抒写了一位爱国者被放废时的苦闷内心。

春入平原荠菜花②，新耕雨后落群鸦。多情白发春无奈③，晚日青帘酒易赊④。　　闲意态⑤，细生涯⑥，牛栏西畔有桑麻。青裙缟袂谁家女⑦，去趁蚕生看外家⑧。

【注释】

① 鹅湖：江西省铅山县东北有鹅湖山，原名荷湖，因为晋朝龚氏在此养鹅，所以更名鹅湖。山下有鹅湖寺，风景优美，辛弃疾闲居时，常来此游赏。② 荠(jì)菜：一种野菜，春天开白色小花。花：这里作动词，作开花解。③ 多情白发：由于多愁善感而生白发。春无奈：面对大好春光也无可奈何。④ 青帘：酒店挂的青色酒旗，代指酒家。赊(shē)：购物暂不给钱。⑤ 闲意态：意态安闲。⑥ 细生涯：平凡而琐细的农家生活。⑦ 缟(gǎo)袂(mèi)：白色上衣。缟：白色。袂：衣袖，这里代指上衣。⑧ 蚕生：幼蚕刚刚孵出。看外家：走娘家。

【翻译】

春到田野，到处盛开着雪白的荠菜花，
雨过天晴，新耕的土地上满是乌鸦。
多愁善感催我早生白发，
这大好春光也无法改变它。
傍晚我走进悬挂青帘的酒家，
赊杯淡酒把心中的忧烦溶化。

农人意态是这样悠闲，

他们的生活平凡琐细而又和洽，
牛栏的西边种满了桑麻。
那身穿青裙白袄的是谁家女子？
趁农闲时节回一趟娘家。

鹧　鸪　天

鹅湖归[1]，病起作

此词作于带湖闲居期间。作者自铅山鹅湖游罢归来，疾病初愈，在水边溪堂枕簟休憩，观赏江村晚景而作。上片描绘景物都溶注了作者自己的感情：溪堂清冷，断云渐散，红莲如醉，白鸟自愁。在清冷寂静的景物描写中，透露出作者抑郁落寞的淡淡愁绪。下片借殷浩、司空图一个对罢职惊怪不满，一个乐于退隐清闲的典故，表明自愿过闲适生活。实际上是用反语曲折地表达了对朝廷不能尽用其才的怅惘。末二句言自己深惧精力渐衰，表达了对功业难成的忧虑。语言极平淡，似信笔而成，但意味醇厚，情感深沉。

枕簟溪堂冷欲秋[2]，断云依水晚来收[3]。红莲相倚浑如醉[4]，白鸟无言定自愁[5]。　　书咄咄[6]，且休休[7]，一丘一壑也风流[8]。不知筋力衰多少，但觉新来懒上楼[9]。

【注释】

① 鹅湖：见前首注。②“枕簟”句：在水边的亭阁里躺在竹席上休息，凉爽得好像秋天就要到了。簟(diàn)：竹席。溪堂：临水的亭台楼阁。③ 断云：片片浮云。依水：形容浮云倒映水中好像依恋着流水。收：消散。④ 浑：全，简直。⑤ 无言：这里指不鸣。⑥ 书咄咄：《晋书·殷浩传》载，殷浩被免职后，虽口无怨言，但一天到晚用手在空中画“咄咄怪事”四字。书：书写。咄咄(duō)：心中不满的感叹声。⑦ 且休休：《唐书·卓行传》载，司空图晚年隐居中条山，作亭题名为“休休”，并作文说：“量才(衡量自己的才能)一宜休，揣分(揣度自己的福分)二宜休，耄而聩(老而昏聩)三宜休。”休：退隐。⑧ 一丘一壑(hè)：指山林。风流：此指山林之中风韵别致。⑨“不知”二句：感叹精力渐衰，懒上层楼。暗喻时光流逝，功业难成。

【翻译】

我躺在溪堂的竹席上小憩，
顿觉凉爽宜人好似将要入秋。
片片白云倒映在清澈的水中，
傍晚时分才悄悄飘走。
朵朵红莲依偎在一起，
脸颊绯红好像喝醉了酒。
白鸟也静立着不再鸣叫，
它一定是在那里独自发愁。

与其学殷浩写“咄咄”空发牢骚，
还不如退隐田园自得闲悠，
这里的一丘一壑都透着情韵风流。
这一病尚不知筋力衰减了多少，
只觉得近日来懒于登楼。

清　平　乐

检校山园[1]，书所见[2]

辛弃疾在带湖新居的生活虽然单调，却充满了情趣。他摆脱了官场的纷繁搅扰，享受到大自然的美丽风光，体验了淳朴的民风民俗，这首词描写的便是隐居生活之“趣”。首句从山园的景物写起，松竹茂密，环境清静突出了隐居山林的幽趣。“万事从今足”句领起下文，知足常乐，才有以下种种乐趣：他拄着竹杖兴致勃勃去分享祭土地神的肉；自酿的酒在糟床上散发着醇香，这种种意趣在官场上是得不到的。下片是本词中最精彩的特写镜头：一个顽童手持长竿在偷打梨枣，一个“老夫”（作者自指）躲在暗处安闲偷看，还生怕邻人惊扰了孩子。这精彩的一幕不仅写出了作者的闲适情趣，同时表现了他有一颗善良的爱心。此词写农村常见事，语言通俗如家常语，活脱脱画出了主人公闲居时的形象意态。

连云松竹[3]，万事从今足。拄杖东家分社肉[4]，白酒床头初熟[5]。　　西风梨枣山园[6]，儿童偷把长竿[7]。莫遣旁人惊去[8]，老夫静处闲看。

【注释】

① 检校：查看，游观。山园：作者在信州带湖的居所傍靠灵山而建，故称山园。② 书所见：写下所见的情景。③ 连云松竹：山园的松竹茂密，上接云天。④ 社肉：祭祀土地神的肉。⑤ 床头：酿酒用的糟床上。⑥“西风”句：意思是西风起，秋天到了，山园的梨枣熟了。⑦ 把：拿着。⑧ 莫遣：不要让。

【翻译】

山园里茂密的松竹接连云天，
从今万事满足不再忧烦。
拄着竹杖到村东分回祭神的社肉，
糟床上酿熟的白酒醇厚香甜。
秋风起，熟透的梨枣布满山园，
孩子来偷梨打枣手握长竿，
千万别让人把他吓跑，
且让我躲在静处悠闲观看。

清 平 乐

检校山园，书所见[①]

这首咏梅词作于带湖闲居期间。上片着重刻画梅之情态。起二句写山间梅花挺立于断崖之上，表现它索居山崖不同流俗的傲骨。梅与翠竹为友，修竹挺拔青翠，寒梅冰清玉洁，断崖、修竹、寒梅构成一幅梅竹傲雪图。三四句转写寒梅，沿溪至雪屋，暗香浮动，清幽芬芳，突出了寒梅的清韵。下片着重表现梅之气骨，并借梅花明志托意。过往行人任意攀折梅花，而寒梅“折残犹有高枝”，表现了不畏强暴、不怕摧残的倔强风骨。结尾二句构思巧妙，于常语中出新意。梅花报春在咏梅诗词中屡见不鲜，作者却巧妙地说寒梅不肯尽落是因为春天姗姗来迟，令人耳目一新。

断崖修竹[②]，竹里藏冰玉[③]。路转清溪三百曲[④]，香满黄昏雪屋[⑤]。　　行人系马疏篱[⑥]，折残犹有高枝。留得东风数点，只缘娇懒春迟[⑦]。

【注释】

①见前词注。②修竹:高高的竹子。修:长。③冰玉:如冰似玉,指梅花。④清溪三百曲:化用苏轼《梅花》诗:"幸有清溪三百曲,不辞相送到黄州。"三百曲:三百道弯,形容溪水曲曲弯弯。⑤雪屋:盖满白雪的小屋。当指作者在带湖居处山园中的小屋。⑥行人:过路之人。疏篱:稀疏的篱笆。⑦"留得"二句:意谓高枝上留下数朵梅花是因为春天姗姗来迟。东风:春风。只缘:只因为。娇懒春迟:春天娇懒而来迟。

【翻译】

断崖上挺立着修长的翠竹,
竹丛中盛开着冰清玉洁的梅花。
绕过曲曲弯弯的清流长溪,
黄昏中盖满白雪的小屋里香气飘洒。

过路人折梅在疏篱边系马,
梅虽残仍然有高枝挺拔。
高枝上留下了寒梅数点,
是因为娇懒的春天还未到这山崖。

八声甘州

夜读《李广传》①，不能寐，因念晁楚老、杨民瞻约同居山间②，戏用李广事，赋以寄之。

本篇为辛弃疾第一次闲居上饶时所作，词序已点明作词的本旨。李广身负绝艺奇才，忠忱卫国，却被摈斥不用，最终被迫自杀。作者青年时期即聚众抗金，又满怀报国壮志，冒死率众南归，期望能统兵杀敌，收复故土，却被谗罢职闲居。英雄无用武之地的悲愤与李广极其相像，故读《李广传》而激动不已，夜不能寐，遂有此作。词的上片隐括史事，连用李广被霸陵尉呵斥、南山射虎、终生不得封侯三件事概括李广坎坷的一生，寄托对李广的无限同情。谴责灞陵尉实际上是讽刺南宋朝廷。下片抒发感慨，表示不甘老守田园，也不愿与朝中主和派同流合污，希望像李广那样风流慷慨地度过余生，既是自勉自励，也是自宽自慰。但是，现实毕竟无情，国事实堪忧虑，“甚当时、健者也曾闲”，一语吐出胸中的不平。末尾虽以写景作结，但即景生情，意在言外，仍与小序中“不能寐”相呼应，使感慨更加深沉悲愤。

故将军饮罢夜归来③，长亭解雕鞍④。恨灞陵醉尉⑤，匆匆未识，桃李无言⑥。射虎山横一骑，裂石响惊弦⑦。落魄封侯事，岁晚田园⑧。　　谁向桑麻杜曲，要短衣匹马，移住南山⑨。看风流慷慨，谈笑过残年⑩。汉开边、功名万里⑪，甚当时、健者也曾闲⑫。纱窗外、斜风细雨，一阵轻寒。

【注释】

①《李广传》：即西汉司马迁《史记·李将军列传》。李广（？—前119），陇西成纪（今甘肃秦安县）人，勇敢善战，是抗击匈奴的名将，被称为"飞将军"。② 晁楚老、杨民瞻：均为辛弃疾罢职闲居上饶的友人，生平不详。③"故将军"二句：《史记·李将军列传》记载，李广被罢职后，于一天夜晚带领一名从人骑马到乡间饮酒，回家时路经霸陵亭，霸陵尉喝醉了酒，不让李广通过。李广的随从说："这位是前任的李将军。"霸陵尉说："现任的将军尚且不得在夜间行走，何况是前任将军呢！"于是让李广在亭下就地住宿。④ 长亭：古代设在路旁供来往行人休息的驿亭，此处即指霸陵亭。解雕鞍：解下有华美雕饰的马鞍，意思是在长亭止宿。⑤ 灞陵：即霸陵，汉文帝刘恒的陵墓，在今陕西省西安市东。尉：负责地方治安的官员。⑥ 桃李无言：司马迁在《李将军列传》文末评论说："余睹李将军，悛悛如鄙人，口不能道辞；及死之日，天下知与不知，皆为尽哀，彼其忠实心诚，信于士大夫也。谚曰：'桃李不言，下自成蹊。'此言虽小，可以喻大也。"上三句是说，李广不善言辞，但受到天下人的敬仰，可恨霸陵尉没有识人的眼光。暗指朝廷

无识,不能用李广。⑦“射虎”二句:《李将军列传》载,李广有一次出猎,见草中石,以为虎而射之,箭头深深嵌入石中,走近一看,是块石头。山横:山腰。一骑(jì):一人一马。惊弦:使猛虎惊惧的弓弦声。此二句言李广勇力过人,精骑射。⑧“落魄”二句:感叹李广有功于国,却不得封侯,被罢职闲居田园。李广参加过西汉与匈奴的战斗七十余次,他的部下将吏与士卒有数十人因军功得以封侯,李广却始终未得封侯。落魄:失意,运气不佳。岁晚:晚年。⑨“谁向”三句:杜甫《曲江三章》诗之第三首云:“自断此生休问天,杜曲幸有桑麻田。故将移住南山边。短衣匹马随李广,看射猛虎终残年。”这里用杜甫句意,说不要在杜曲种桑麻,而要学习李广,虽罢职闲居仍不忘习骑射。杜曲:在今陕西西安。南山:即终南山,在陕西蓝田县南,李广曾闲居于南山。⑩“看风流”二句:意思是要像李广那样胸襟开朗,谈笑自在地度过余生。风流慷慨:形容英雄气概。残年:余生。⑪ 开边:开拓疆土,保卫边防。功名万里:在万里边防上建立功名。⑫ 甚:为甚,为什么。健者:有本领才干的人,指李广。闲:闲居。

【翻译】

故将军饮罢美酒乘夜归来,
竟然在长亭被阻,无奈解下雕鞍。
可恨那灞陵尉酒醉心粗,
匆忙中竟不识这不善辞令的英贤。
骁勇的将军单人匹马在山中射虎,
一箭射裂顽石,空中久久回响着惊弦。

可惜运命不佳封侯无缘，
晚年被冷落闲置在田园。

谁去杜曲种植桑麻？
要学李广那样短衣匹马射虎南山。
胸襟开朗谈笑风生，
自豪地度过他的残年。
当年汉朝扩土开边，
李广曾在万里边疆奋勇死战。
为什么这位建立过殊勋的英雄，
当年也不得重用被埋没投闲？
回想史事真叫人感慨万端。
纱窗外斜风裹着细雨，
正带给人间阵阵轻寒。

满 江 红

中秋寄远[1]

本篇大约作于带湖闲居之时。作者于中秋夜登楼赏月，怀念所思之人，因有此作。上片先写中秋之夜盼月出的急切心情，因怕浮云遮月，故学晏殊以弦管催月。次写因见明月而联想到所思之人与自己天各一方，好比月中嫦娥孤零凄冷，应是早生白发。写嫦娥，亦是写所思之人，问嫦娥，亦是自问，表露出苦闷惆怅意绪。下片写以饮酒歌舞消愁解闷，联想到月有圆缺，人有离合，不如意事十常八九，人生本就如此，故不必过于感伤，情绪又渐开朗旷达。结尾寄托美好的愿望，相信离别之后总有团圆，既是寄慰远人，也是自慰自宽。通篇写登楼见月的感触及对人生的理解，立意与苏轼《水调歌头》(明月几时有)近似，有异曲同工之妙。

快上西楼，怕天放浮云遮月。但唤取、玉纤横管，一声吹裂[2]。谁做冰壶凉世界[3]，最怜玉斧修时节[4]。

问嫦娥、孤令有愁无？应华发⑤。　　云液满⑥，琼杯滑⑦。长袖舞，清歌咽⑧。叹十常八九，欲磨还缺⑨。但愿长圆如此夜，人情未必看承别⑩。把从前、离恨总成欢，归时说。

【注释】

① 寄远：寄赠远方所思之人。②“但唤取”二句：意思是只须请来美人吹起横笛，就能让笛声把遮住明月的浮云驱散。但：只须。玉纤：美人洁白纤细的手，这里代指美人。横管：横笛。此二句暗用典故，据宋人叶梦得《石林诗话》载：晏殊留守南都时，与下属王君玉常饮酒赋诗为乐，适逢中秋，天气阴晦，明月未现，晏殊不欢而寝，君玉赋诗云：“只在浮云最深处，试凭弦管一吹开。”晏殊枕上得诗大喜，立即召客宴饮奏乐，半夜时分，果然月出，于是欢饮达旦。③ 冰壶凉世界：形容月光皎洁，月夜显得洁净凉爽。冰壶：盛冰的玉壶，比喻洁白清冷。④“最怜”句：意谓我最喜爱这刚被玉斧修磨过的月亮。怜：爱。据唐人段成式《酉阳杂俎》记载，月亮是由七种宝石合成的，常有八万二千户工匠持斧修磨它。⑤“问嫦娥”二句：孤令：孤零零。华发：花白头发。此暗用李商隐《嫦娥》诗意：“嫦娥应悔偷灵药，碧海青天夜夜心。”这里暗喻自己悔与所思之人离别，现在天各一方，大约二人都已愁出白发了。⑥ 云液：指美酒。⑦ 琼杯：玉制的酒杯。⑧ 清歌咽：形容歌声凄清。咽：声塞。⑨“叹十常”二句：意谓可叹这月亮十有八九是亏缺。⑩“但愿”二句：意谓但愿月亮都如今夜一样圆，人们盼月圆的愿望未必有什么不同。即人们盼团圆也和盼

月圆一样急切。看承别：别样看待，看法不同。

【翻译】

快快去登上那西楼，
真怕天公放出浮云遮盖了明月。
须请来美人吹起横笛，
把蔽月的浮云吹裂。
是谁创造了玉壶般清凉爽洁的月夜，
这玉斧修磨过的圆月最使我欣悦。
请问月中的仙女嫦娥，
你孤栖在月宫可有忧愁悔怨？
想来你应是双鬓染霜雪。

赏月的美酒已经斟满，
那光滑细腻的玉杯分外莹洁。
美人甩开长袖翩翩起舞，
清悠的歌声常伴着幽咽。
可叹这月亮十有八九不如人意，
刚刚磨圆却又渐渐亏缺。
但愿明月永远如今夜一样长圆，
人情盼团圆也和盼月圆那般急切。
让我们把过去的离恨化作欢乐，
等你归来再一起诉说倾泻。

鹧 鸪 天

送 人

这首送人之作写于闲居带湖期间，词中虽未具体点明送何人，但从内容上看是送一位和作者同病相怜的仕途失意的友人。离别本来就使人黯然销魂，再加上功名未就，就使这首词的基调格外感伤、低沉。开端，在《阳关三叠》送别曲声中洒泪相别，就把伤感的离情渲染得极为浓重，接着宽慰友人将“功名”视为余事，还是保重身体为要，旷达之中暗含对时政的不满与无可奈何。下联用对句描写景物，笔力浑厚，景中含情。江水送树，象征着不尽的离情，云雨遮山寓意世道不明，前途暗淡。下片是对友人的临别赠言，不从劝慰激勉处落笔，而直书世路艰难这一深刻的主题，古今恨事有几千般，难道只有离别最痛苦？最后从心底里喊出：“江头未是风波恶，别有人间行路难。”江头的狂风恶浪未必最险恶，只有世路、抗金复国之路才是最艰难险阻的。这是作者用半生的宦海浮沉的感受凝成的话语，意义深刻，字字千钧。

唱彻《阳关》泪未干①，功名余事且加餐②。浮天水送无穷树③，带雨云埋一半山。　今古恨，几千般④，只应离合是悲欢⑤？江头未是风波恶⑥，别有人间行路难⑦。

【注释】

① 唱彻：唱完。《阳关》：曲调名，即《阳关三叠》，因唐代王维《渭城曲》有句云："劝君更尽一杯酒，西出阳关无故人。"遂成为送别曲。② 功名余事：功名只是次要的事情。③ 浮天水：指倒映着云天的江水。④ 几千般：几千种，形容多。⑤ "只应"句：意思是难道只有离别才使人感伤，聚合才使人欢乐吗？句中的"离合"、"悲欢"都是偏义复词，强调的是"离"与"悲"。⑥ "江头"句：意谓江头的风波并不是最险恶的。⑦ 别有：另有。行路难：本为乐府《杂曲歌辞》调名，抒写世路艰难和离别悲伤。这里借指仕途的艰难风险。

【翻译】

送别的曲子已经唱完，
我的泪水却迟迟未干，
功名得失并不重要，
你要保重身体，努力加餐。
两岸的绿树随江水远去，
江水中倒映着白云蓝天。
乌云中挟带着霏霏细雨，
将远处的山峰遮去了一半。

古往今来遗憾失意事绵绵不断，
难道只有离别才让人悲叹心酸？
江上的风波未必最为险恶，
只有人生道路才更为艰难。

鹧 鸪 天

代人赋

这首词约作于闲居带湖时。题《代人赋》是代一位女子抒写相思离情。首二句以景物领起,即景生情。夕阳西下,寒鸦归窠,这萧索之景,引起了女主人公的“一片愁”,“愁”字是全篇的感情线索。柳塘新绿,春光荡漾的美景又勾起她心中的一缕温情。愁绪与温情的对举不仅托出女主人公丰富的感情世界,而且用“乐景写哀”的手法,以温情反衬离愁。“若教”两句,不直说离恨令人白头,而巧用假说,设想人间如果没有离愁便没有白头人了,使感情更深沉婉转,萦回绰约。过片的特色在用不由自主的行动描写表现女主人公相思之切、之深、之苦。“相思重上小红楼”之“重”字是强调一次次登楼去重温旧日的欢情。结拍中的“频”字与“重”字作用一样,她明知“平芜尽处是春山,行人更在春山外”(欧阳修《踏莎行》)却还一次次倚栏远眺,这其中有多少痴情和企盼!代女子抒情,能将其内心世界刻画得如此细微深婉,深切动人,说明作者深谙婉约词创作之神髓。

晚日寒鸦一片愁[①]，柳塘新绿却温柔。若教眼底无离恨，不信人间有白头。　　肠已断，泪难收，相思重上小红楼。情知已被山遮断[②]，频倚阑干不自由[③]。

【注释】

① 晚日：傍晚，太阳落山时。② 情知：实情所知，明明知道。③ 频：频繁、多次。不自由："不由自"的倒装，不由自主。

【翻译】

落日里寒鸦归窠勾起我片片思愁，
塘边新绿的杨柳却那样温馨轻柔。
假如没有离情别恨，
人世间就不会有人伤心白头。

柔肠寸断，离泪难收，
无穷的相思叫我多次登上小小红楼。
明知他的身影已被青山遮去，
我还是一次次凭栏远眺不能罢休。

定　风　波

暮春漫兴①

此词作于闲居带湖期间。这首词抒写自己暮春时节的内心感受。上片用“少日”与“老去”的强烈对比来反衬老来的迟暮之感。少年时“春怀似酒浓”,酒醉千钟,插花走马,狂傲如癫,而老来却是“逢春如病酒”,兴致索然,饮茶焚香,百无聊赖。面对同样的春色而心境落差如此之大,其原因虽未明讲,却已暗含其中。下片转入了咏春,作者摆脱了咏春词中惜春、伤春情调,另辟蹊径,写春天给大自然带来的变化。春风无情地卷尽了残花,使人产生怨恨,但也正是春风吹开了百花,春天又是多情多意惹人爱的。这抑扬跌宕之中,形象地托出了春天的风采和精神,同时蕴含着哲理,耐人寻味。结尾让春燕引路去追寻春归的脚步,含蓄蕴藉,意味无穷,流露出作者对春天的一片眷恋之情。宋词一般是上片写景,下片抒情,而此词根据抒情的需要,上片言情,下片写景,新颖别致,另具一格。

少日春怀似酒浓②，插花走马醉千钟③。老去逢春如病酒④，唯有：茶瓯香篆小帘栊⑤。　　卷尽残花风未定，休恨；花开元自要春风⑥。试问春归谁得见⑦？飞燕，来时相遇夕阳中。

【注释】

① 漫兴：在不经意中萌发诗兴而作。② 少日：少年时。③ 醉千钟：痛饮千杯酒，极言狂饮。钟：盛酒器。④ 病酒：因饮酒过量而不适。这里的意思是因心情不佳，虽对春光而无酒兴。⑤ 茶瓯（ōu）：茶杯。瓯：瓦制的盆罐。香篆（zhuàn）：香炷，因点燃时烟上升缭绕如篆文，故称。帘栊（lóng）：挂窗帘的窗子，这里代指房子。栊：本为窗户上的棂木，可代指窗子，亦可代指房子。⑥ 元自：原来出自。元：同“原”。⑦ 春归：春天去了。

【翻译】

少年时，春天来临兴致像酒一样浓，
插花走马，一饮千钟。
如今人老，每逢春来毫无酒兴，
只有饮茶焚香独坐在小小的屋舍中。

不要怨恨东风吹尽了残花还不肯稍停，
须知当初花儿开放全靠这春风。
请问春天去了谁见到她的踪影，
啊！是飞来的燕子在夕阳里和她相逢。

青　玉　案

元　夕[①]

此词创作时间不可确考，但根据其弟子范开编定的《稼轩词》的次序，可知创作于淳熙十四年(1187)前。这是一首名作，着力描写了元夕的盛况：上片状写元夕灯彩和观灯之盛景，开头用形象的比喻展现出一幅火树银花，灯火绚烂的瑰丽画面。接着用大量丽词铺写出宝马雕车，川流不息，凤箫声动，鱼龙飞舞的繁华热闹场景。过片由景及人，主要写观灯之美人。她们一个个打扮得花枝招展，身上散发着香气，喜笑颜开地从闹市中飘然而过。上片铺叙的热闹场面和这里盛妆女子的描写都为下文作了反衬和铺垫。“众里”以下，是本词的主旨所在：主人公在人群中焦急地寻找自己的意中人，千寻万觅不见踪影，而猛然回头却在灯火最稀疏的偏僻地方见到了她的倩影。作者理想中的这位美人不同流俗，不慕荣华，自甘寂寞，正是作者政治失意后孤高幽独、不随波逐流品德的写照和寄托。近人梁启超评价此词的内涵说：“自怜幽独，伤心人别有怀抱。”（梁令娴《艺蘅馆词选》引）是一语中的的。近人王国维《人间词话》中，把这几句引申为古今“成大事业、大学问者”的“第三种境界”，虽与本词主旨无关，但也从另一方面说明这首词内含之丰赡。

东风夜放花千树②。更吹落、星如雨③。宝马雕车香满路。④凤箫声动，玉壶光转，一夜鱼龙舞⑤。
蛾儿雪柳黄金缕⑥，笑语盈盈暗香去⑦。众里寻他千百度⑧，蓦然回首，那人却在，灯火阑珊处⑨。

【注释】

① 元夕：阴历正月十五的晚上称元夕、元宵，因有点放花灯的习俗，也称灯节。② 花千树：形容灯火之盛，好像千树开花。③ 星如雨：形容灯多，如群星从天而落。据吴自牧《梦粱录·元宵》载：“诸营班院于法不得与夜游，各以竹竿出灯毬于半空，远睹若飞星。”“星如雨”便是这种景象。④ 宝马雕车：形容富贵人家的车马。⑤“凤箫”三句：描写乐声四起，月亮渐渐西沉，鱼龙形的彩灯飞舞，彻夜狂欢。凤箫：箫的美称。据《列仙传》载，春秋时，箫史善吹箫，秦穆公把女儿弄玉嫁给他，并为他们筑凤台，箫史吹箫引来了凤鸟，和弄玉一起成仙而去。玉壶：比喻月亮。一说指玉制的灯。鱼龙舞：扎制成鱼龙形状的灯舞来舞去。⑥ 蛾儿、雪柳：皆为宋代妇女元宵节所戴的头饰。黄金缕：一种金饰的雪柳。⑦ 盈盈：形容女子仪态美好。暗香：

美人身上发出的香气，借指美人。⑧千百度：千百次。⑨蓦（mò）然：突然。阑珊：零落、稀少。

【翻译】

像春风吹开了千树银花，
像满天繁星雨点般落下。
宝马拉着的彩车奇香四溢，
都是来观灯的富贵人家。
箫管奏出动人的乐曲，
皎洁的明月渐渐西斜。
鱼龙彩灯欢快地飞舞，
通宵达旦忘记了睏乏。

女子们打扮得似玉如花，
蛾儿雪柳头上遍插，
说说笑笑，仪态娇美，
走过的路上香气飘洒。
我焦急地把心上人寻找，
找来找去人群中不见她。
突然间我回头一看，
灯火稀少处的那个人儿正是她。

临 江 仙

探 梅[1]

这首咏梅词当作于闲居带湖时。词中直接咏梅只有三句，却全不重在状梅的外观形态，而重在咏梅的精神气骨。"一枝先破玉溪春"，写梅花傲霜斗雪、迎春报春的特有风神；"更无花态度，全是雪精神"，是对梅花品格的颂扬，也是作者人格的写照，于平淡的语言中传出梅的傲岸倔强性格。作者对梅花的挚爱之情则多用衬托手法表现，首句写惜花之心早已疏懒，而为访梅却行遍江村，反衬作者爱梅之意深；结句写作者在山中竟然不觉月出，天已黄昏，极言其观梅心醉，也就反衬出作者探梅之时久。一起一结，互补互应，作者对梅花的深情便尽在不言中了。

老去惜花心已懒，爱梅犹绕江村。一枝先破玉溪春[2]。更无花态度[3]，全是雪精神。　剩向青山餐秀色[4]，为渠着句清新[5]。竹根流水带溪云[6]。醉中浑不记[7]，归路月黄昏。

【注释】

①探梅：寻访、观赏梅花。②“一枝”句：意谓一枝梅花独放，给玉溪送来了春天的信息。玉溪：碧玉般晶莹透亮的溪水。③花态度：指一般花儿娇艳动人的风姿。④“剩向”句：意思是尽情地饱览青山美景。剩向：更向。餐秀色：秀色可餐，即饱览秀色。⑤渠：她，此处指梅花。着句：写诗句。⑥“竹根”句：意思是竹林下的溪水流走了水上漂浮的云气。溪云：溪水上弥漫的云气。⑦浑不记：全不记。浑：全。

【翻译】

年纪渐老爱花之心早已减退，
却绕着江村把梅花的踪影找寻。
一枝寒梅传出了玉溪的春讯。
她不似一般花朵那样娇艳媚人，
浑身都透着白雪般高洁倔强的风神。

饱览了青山的秀美奇峻，
为梅花赋出的诗句典雅清新。
竹林边溪水流走了水上飘浮的白云。
陶醉在大自然中我流连忘返。
归途中，月牙高挂，天已黄昏。

清 平 乐

村 居

此篇作于闲居带湖期间。作者用轻笔淡墨，描绘了一幅农村生活的风俗画。辛弃疾的农村词，大部分是以写景为主，只有个别人物点缀其间，而此词则以人物为主体，描绘了和谐、美满，富有情趣的一家人，充满了生活气息。对一家五口人的形象刻画，生动逼真，抓住了特点，各具特色。两位白发老人带着几分醉意，操着柔媚的南音在谈笑，一对和美的老年夫妻的形象栩栩如生；两个稍大的儿子应该是家中的主要劳动力，所以只写他们锄豆草，编鸡笼；调皮可爱的小儿子卧剥莲蓬的镜头，鲜明生动，维妙维肖，是本词中点睛之笔。全词不用重笔浓墨，全用朴素通俗的语言和白描的手法，与词的内容非常协调。

茅檐低小，溪上青青草。醉里吴音相媚好，白发谁家翁媪①？　　大儿锄豆溪东。中儿正织鸡笼。最喜小儿亡赖[2]，溪头卧剥莲蓬。

【注释】

①“醉里”二句：意思是谁家的一对白发老公公、老婆婆，带着醉意用动听的南方话在谈笑。吴音：吴地方言，信州古代属吴国，故称吴音。媚好：柔媚悦耳。翁媪（ǎo）：老公公和老婆婆。② 亡赖：即无赖，这里指顽皮。

【翻译】

茅草屋低矮又狭小，
溪水边长满嫩绿的青草。
谁家的白发老公公老婆婆，
带着醉意用柔媚的吴音愉快谈笑。

大儿子锄豆草在溪水之东，
二儿子专心地编织着鸡笼，
小儿子活泼顽皮最惹人爱，
正躺在溪边剥莲蓬。

满　江　红

饯郑衡州厚卿席上再赋①

这是一首别具一格的送别词，作于淳熙十五年(1188)春末夏初。时作者仍在带湖闲居，好友郑厚卿知衡州将走马上任，他为郑饯行，赋《水调歌头》(寒食不小住)赠别，意犹未尽，又作这首《满江红》。却不正面抒发离情别绪，也不明写送人，纯由眼前花事写起，抒发惜春、伤春的浓愁。开端便以“莫折荼蘼”表达出对春色的挚爱与追挽，接着便历数春事消息，青梅、牡丹、榆荚、菖蒲次第而开又次第零落，时节渐换，繁荣将歇，眼前所见只是柳老花残。加上风雨送春归，鹈鴂报春歇，蜂蝶也知忙碌不安，何况惜春怜花的作者！于是劝人留春，莫折残存最后一分春光的荼蘼，将伤春的愁绪渲染到极点。末三句突然转折，否定闲愁出于“春去”，而是“因离别”。这样，直到末句才点明送别，将离愁与春愁融在一起，又以春愁铺垫离愁，更显友情之深，离别之痛，构思出人意外。文字结构亦异于常构，开头至蜂蝶为一大段，末三句为一段，打破了词的上下片的明显界限。此词虽为赠别之作，字里行间亦隐喻对国事日非，壮志难酬，蹉跎白首，一筹莫展，来日真不可测的感伤之情。

莫折荼蘼②，且留取、一分春色。还记得：青梅如豆③，共伊同摘④。少日对花浑醉梦⑤，而今醒眼看风月⑥。恨牡丹、笑我倚东风，头如雪⑦。　榆荚阵⑧，菖蒲叶⑨。时节换，繁华歇⑩。算怎禁风雨，怎禁鹈鴂⑪。老冉冉兮花共柳⑫，是栖栖者蜂和蝶⑬。也不因、春去有闲愁；因离别。

【注释】

① 郑衡州厚卿：即郑厚卿，时受命为衡州（今湖南衡阳市）知州。席上再赋：在饯别郑厚卿的酒筵上再赋一首。② 荼蘼：又作酴醾，春末夏初开花，古诗词中常用荼蘼花发暗示春光将尽。③ 青梅如豆：青梅结子如豆，指春将过半时的景象。④ 伊：你。⑤ 少日：年轻的时候。此句意谓青年时期不知如何宝爱春光，面对春花全如在醉梦中一样。⑥ 醒眼：清醒的时候。风月：风清月朗，指美好的景色。此句说，而今年纪渐大，历经沧桑，以清醒的眼光看待美景，更觉春光的可爱。⑦ “恨牡丹”三句：意谓可恨牡丹在东风里盛开，嘲笑我头白如雪。倚东风：形容牡丹沐浴在东风里，一片娇艳旺盛的样子。⑧ 榆荚阵：榆荚阵阵飘落。这是农历二三月间的景象。榆荚：榆树的果实，形似钱而

小，联缀成串，又称榆钱。⑨ 菖蒲叶：菖蒲已经吐叶。菖蒲：草名，生于水边。⑩ 繁华歇：盛开的花儿都已零落。这里亦隐喻盛年已过。⑪ “算怎禁”二句：意思是，算来怎能制止住风雨的摧残，鹈鴂的哀鸣。暮春多风雨，鹈鴂以暮春初夏鸣，无力禁风雨鹈鴂即无力禁春归。鹈鴂（tí jué）：鸟名，鸣声悲苦。唐释皎然《顾渚行寄裴方舟》诗云：“鹈鴂鸣时芳草死。”⑫ “老冉冉”句：屈原《离骚》：“老冉冉其将至兮，恐修名之不立。”老冉冉指人已渐老，这里指花柳均已败残。⑬ “是栖栖（xī xī）”句：《论语·宪问》载孔子为复兴周道而东西南北奔走忙碌，隐士微生亩问孔子曰：“丘何为是栖栖者与？”意思是，“你孔丘为什么这样忙碌不安呢？”这里引用别人对孔子的描述来形容蜂蝶，含意是：孔子忙碌不安并无效果，蜂蝶担心春将歇而忙碌不安也不能阻住春归，真令人伤感啊。

【翻译】

不要攀折那些荼蘼将它损伤，
暂且留给人们最后一分春光。
也许你还记得：
当春日过半青梅已结子如豆，
我和你曾共同将它们摘下收藏。
年轻的时候不觉春光的宝贵，
面对百花如同在醉梦中一样。
如今年纪已老好似刚刚睡醒，
要重新来把美丽的春色端详。
可恨那妖艳的牡丹在东风里盛开，

好像在嘲笑我的头发已同白雪相仿。

榆钱串儿已阵阵飘落，
菖蒲叶儿也已经长长。
时令节候都渐渐转换，
盛开的花儿转眼零落凄惶。
算来怎能制止住风雨的摧残，
又怎禁得住鹈鴂的鸣声怨怆。
花儿已败，柳枝已残，
都渐渐进入衰老的时光。
只有那蜂儿和蝴蝶，
仍在花间白白劳碌奔忙。
眼见春光已匆匆归去，
却不是为它我才这样惆怅。
全因为你要离我而去，
这离别的愁苦才真使我怅怏。

贺 新 郎

陈同父自东阳来过余①，留十日，与之同游鹅湖②，且会朱晦庵于紫溪③，不至，飘然东归④。既别之明日，余意中殊恋恋，复欲追路⑤，至鹭鹚林⑥，则雪深泥滑，不得前矣。独饮方村，怅然久之⑦，颇恨挽留之不遂也。夜半投宿吴氏泉湖四望楼⑧，闻邻笛悲甚⑨，为赋《乳燕飞》以见意⑩。又五日，同父书来索词，心所同然者如此，可发千里一笑⑪。

宋孝宗淳熙十五年（1188）冬，陈亮至上饶访辛弃疾，二人“憩鹅湖之清阴，酌瓢泉而共饮，长歌相答，极论世事”（辛弃疾《祭陈同父文》），结下了深厚的友谊。别后，二人又相互唱和，表达对国事的忧虑及对好友的思念。此篇及下篇“老大那堪说”，均为与陈亮别后的唱和之作，本篇作于该年岁末。小序叙二人相会、共游、话别及别后之思念，词简情深。词的上片将陈亮比作陶渊明、诸葛亮，极写其推崇赞佩之情，次写与陈亮话别时的萧瑟冬景，喻南宋朝廷的衰弱凄惶，揭出作者与陈亮对国事的共同忧虑。下片写别后的眷念追悔及追路不得实现的怅惘。

以天寒、水深、冰合、路断，具体描写追路途中的艰难，与序文映照关合，并隐喻朝廷局势可忧。末写追挽友朋既不可得，深悔与陈亮分别之误，又以长夜闻笛而悲，突出对陈亮的思念之切。

把酒长亭说⑫。看渊明、风流酷似⑬，卧龙诸葛⑭。何处飞来林间鹊，蹙踏松梢残雪⑮。要破帽、多添华发⑯。剩水残山无态度⑰，被疏梅、料理成风月⑱。两三雁，也萧瑟⑲。　　佳人重约还轻别⑳。怅清江、天寒不渡，水深冰合㉑。路断车轮生四角㉒，此地行人销骨㉓。问谁使、君来愁绝㉔？铸就而今相思错㉕，料当初、费尽人间铁㉖。长夜笛，莫吹裂㉗。

【注释】

① 陈同父：即陈亮（1143—1194），字同父（甫），婺州永康（今属浙江）人。光宗绍熙四年进士，被光宗亲擢为第一，授官后未及到任即病死。陈亮是南宋杰出的思想家、爱国者，才气超迈，热心国事，多次上书孝宗、光宗，反对议和，力主抗金。好议论时政，品评是非，被目为“狂怪”，曾三次被诬入狱。他与辛弃疾、朱熹交谊深厚，但反对那些排斥功利、脱离实际的道学空谈，立论常与朱熹不同。东阳：县名，今属浙江。过：拜访，看望。② 鹅湖：山名，在江西铅山县北，山上有湖，亦名鹅湖，有寺，名鹅湖寺。③ 朱晦庵：即朱熹（1130—1200），字元晦，号晦庵，徽州婺源（今属江西）人。曾任秘阁修撰等职，晚年讲学福建武夷山中，

为南宋理学宗师，与北宋程颐、程颢并称“程朱”，在整理文献，注释古籍，阐释理学方面多有建树。紫溪：镇名，在铅山县南四十里，是闽赣交通要道。淳熙十五年冬，陈亮约朱熹到鹅湖与辛弃疾相会，朱熹未至，陈亮在稼轩处逗留十日离去。④ 飘然：俊逸潇洒的样子。⑤ 追路：向陈亮的去路上追寻。⑥ 鹭鸶林：与下文方村均为上饶至浙江官路上的村镇。⑦ 怅然：失意的样子。⑧ 吴氏泉湖四望楼：具体地址不详。⑨ 闻邻笛悲甚：听到邻人吹奏的笛声，不觉非常伤感。⑩《乳燕飞》：《贺新郎》词调的别名。见意：表示自己的心意。⑪“心所同然”二句：意思是，我们心中所想的是如此相同，你在千里之外见到我的词作，也会发出会心的一笑。⑫ 把酒：手持酒杯。长亭：古代十里置一亭，名长亭，为行人休憩及饯别之处。说：话别。⑬ 渊明：即陶潜，一名渊明，字元亮，东晋杰出的文学家，相传不愿为五斗米折腰，归隐以诗酒自娱，世称“靖节先生”。风流：英俊，杰出。⑭ 卧龙诸葛：指三国蜀汉诸葛亮，字孔明，一生为恢复汉室鞠躬尽瘁，死而后已。东汉末年曾隐居隆中，时人称为“卧龙”。上二句将陈亮比作安贫自适的陶潜，又比作志存恢复、雄才大略的诸葛亮。⑮ 蹙(cù)：踢。⑯“要破帽”句：指林间鸟鹊将松枝上的残雪踢踏下来，落在作者与陈亮的破帽上，好像使他们增添了许多白发。⑰ 剩水残山：指冬日冰雪覆盖下露出的山水草木更显枯萎凋残。无态度：无生气，无光彩。这句隐喻祖国山河破碎，偏安江南的南宋朝廷毫无作为。⑱ 疏梅：稀疏的梅花，暗喻志图恢复的爱国志士。料理：点缀，装点。风月：指美景。这句说寒冬山水凋残，黯无光彩，全仗几枝梅花点缀得有些生气。

暗喻国势危殆,全仗少数爱国志士力挽颓势。⑲ 萧瑟:寂寞凄凉。⑳ 佳人:指陈亮。重约:看重约会,遵守约定。轻别:看轻别离。㉑“怅清江”二句:谓天寒水深江冻,难以渡河,使人怅恨。㉒“路断”句:车轮好像长了四只角,难以前行,路途也被阻断了。㉓ 销骨:指因惜别而黯然伤神。㉔ 来:语中衬字,无义。愁绝:愁到极点。㉕“铸就”句:造成现在思念你的错误,即小序所言“颇恨挽留之不遂也”。铸就:铸成。错:本指错刀,这里借指错误。说当时没把陈亮挽留住,以至现在两地相思,这是一件大错。㉖ 费尽人间铁:用尽天下之铁。《资治通鉴》卷二六五记载,唐末魏州节度使罗绍威为保全势力,借朱全忠大军驻魏半年,耗资二百余万,蓄积为之一空,军力自此衰弱。罗绍威十分后悔,对人说:“合六州四十三县铁,不能为此错也。”意思是用尽他占领下的六州四十三县铁,也铸不出那样大的错刀。“错”字谐音双关,字面上指错刀,实际指借朱全忠兵这件错误。辛词借用此典是夸张他未能留住陈亮这件错误。㉗“长夜笛”二句:《太平广记》卷二〇四《李謩》条引《逸史》说,唐代著名笛师李謩在宴会上吹笛,“昏噎齐开,水木森然,仿佛如有鬼神之来。”大家都赞不绝口,只有一位姓独孤的老人不以为然,李謩请他吹笛,他说那把笛子吹到“入破”(唐代大曲的精华部分)时一定会爆裂,后果如其言。辛词借用此典是说长夜闻邻笛不胜其悲,更加激起对友人的怀念之情,因而担心长笛继续吹奏下去直至破裂才罢。

【翻译】

手持酒杯与你在长亭话别,

你安贫乐道的品格恰似陶靖节，
俊逸杰出的才干又像那卧龙诸葛。
不知何处飞来的林间鹊鸟，
踢踏下松枝上的残雪。
好像要让我们俩的破帽上，
增添上许多花白的头发。
草木枯萎，山水凋残，
冬日的景物都失去了光烨。
全靠那稀疏的梅花点缀，
才算有几分生机令人欣悦。
横空飞过的两三只大雁，
也显得那样孤寂萧瑟。

你是那样看重信用来鹅湖相会，
才相逢又轻易地匆匆离别。
遗憾的是天寒水深江面封冻不能渡，
无法追上你，令人怅恨郁结。
车轮也如同生出了四角不能转动，
这地方真让惜别的行人神伤惨切。
试问，谁使我如此烦恼愁绝？
放你东归已经后悔莫及，
好比铸成的大错用尽了人间铁。
长夜难眠又传来邻人悲凄的笛声，
但愿那笛音止歇，不要让长笛迸裂。

贺 新 郎

同父见和，再用韵答之

此词作于淳熙十六年(1189)春间。上年冬末，陈亮来访，有“鹅湖之会”。别后，辛弃疾作《贺新郎》(把酒长亭说)以寄，陈亮依韵和作，此词是辛弃疾再用原韵为答谢陈亮来词而作。上片再叙与陈亮志趣相投的深厚情谊，赞扬陈亮不慕富贵，关心国事的高尚品质，回顾与陈亮聚会时楼头夜饮狂歌，硬语盘空，志薄云天的豪迈之气与激昂精神。下片指斥朝廷投降派不思恢复，只图苟安，却不遗余力排斥爱国俊杰的卑劣行为，赞扬陈亮的抗战决心，并与陈亮共勉，期望他大显身手，完成统一全国的功业。词意奋发昂扬，充分表达了作者的爱国激情。

老大那堪说①。似而今、元龙臭味②，孟公瓜葛③。我病君来高歌饮，惊散楼头飞雪。笑富贵千钧如发④。硬语盘空谁来听⑤？记当时，只有西窗月。重进酒，唤鸣瑟⑥。　事无两样人心别⑦。问渠侬：神

州毕竟，几番离合[8]？ 汗血盐车无人顾[9]，千里空收骏骨[10]。 正目断、关河路绝[11]。 我最怜君中宵舞[12]，道“男儿、到死心如铁”。 看试手，补天裂[13]。

【注释】

①“老大”句：年已老大，无所作为，有什么可夸说的呢。说：夸说，称说。② 元龙：三国时的陈登，字元龙，是当时抱负阔大的豪迈之士。这里以陈登喻陈亮。臭（xiù）味：气味，志趣。这句说自己与陈亮志趣相同。③ 孟公：西汉陈遵字孟公，为当时大名士，他嗜酒好客，宾客盈门，每宴会，必关上大门，将客人车辖投井中，使客人无法回家，以便尽兴欢饮。这里亦以陈遵喻陈亮。瓜葛：瓜与葛均为蔓生植物，茎叶牵连蔓延，这里喻作者与陈亮关系密切。④“笑富贵”句：堪笑千钧富贵轻如毛发。千钧：极言其重，古代三十斤为一钧。⑤ 硬语盘空：韩愈《荐士》诗盛赞孟东野诗“横空盘硬语”，谓孟东野诗语言刚健有力。这里指作者与陈亮议论国事时，言辞激烈鲠直，盘旋回荡在空中。⑥“重进酒”二句：意思是说二人言语投机，感慨相同，于是洗盏更酌，弹瑟抒怀。⑦“事无”句：意谓国事没有两样，只是人的看法不同。指主战派与主和派对国事有不同主张。⑧“问渠侬”三句：渠侬，古代吴方言称自己为我侬，称他人为渠侬，这里指朝中主张妥协苟安的当权者。离合：偏义复词，这里强调的是离，即分裂。这几句说，试问那些当权者，祖国究竟还要几番分裂？含意是说，过去已有几次分裂了，不能再分裂下去了。⑨ 汗血：汗血马，即千里马。《汉书·武帝纪》应劭注说，大宛出产一种天马，从

前肩流出的汗像血一样，一日行千里。盐车：载盐的车。《战国策·楚策》说，良马拉着盐车上太行山，白汗交流，筋疲力尽，身体伤残，还得继续拉车。无人顾：无人顾惜。这句比喻人才受压抑摧残。⑩“千里”句：《战国策·燕策》载郭隗先生对燕昭王讲的一个故事：一位国王以千金求千里马，三年不能得，有人用五百金给他买了一个死千里马头骨，国王大怒说：“我要的是活马，死马有什么用！”那人说：“已死的千里马（您）尚且肯花五百金买来，何况活马呢？天下人一定认为您最有诚意求千里马了。”果然不到一年，国王买到了三四千里马。骏骨：骏马的尸骨，即指死马头骨。上二句意思是，让千里马去拉盐车，却从千里之外买来良马的尸骨，喻贤才被埋没，朝廷却空喊求贤。⑪关河路绝：指大雪阻塞关河道路，喻南北分裂，道路不通。⑫怜：爱重。中宵舞：东晋时祖逖（tì）一心北伐，他与刘琨住在一起，半夜鸡鸣，他就叫醒刘琨，共同舞剑。⑬补天裂：将开裂的天空补上，用神话女娲补天的故事。这里指完成统一大业。

【翻译】

年纪已老哪有功业可以矜夸。
如今你与我志趣相投，
像陈登那样胸怀天下。
你又如陈孟公那样豪爽好客，
和我亲密无间，如同一家。
我在病中迎候你来高歌痛饮，
豪迈的歌声惊散了楼头的雪花。

可笑世人将富贵看得重如千钧，
你我却视富贵轻如毛发。
我们激烈鲠直的议论回荡在空中，
又有谁愿来听我们的谈话？
记得当时，只有明亮的月牙儿，
依旧在西窗外高挂。
酒酣耳热，重新进酒举杯，
弹起锦瑟，把胸中志意表达。

国事本来没有什么不同，
人们却有不同的评价。
试问朝中那些大老们：
国家究竟还要有几番分裂，
什么时候才能天下一家？
千里马拉着沉重的盐车跋涉，
无人愿去关心爱惜它。
却到千里外高价收买骏骨，
说是在诚心地寻求千里马。
我极目远眺中原大地，
只见关河路断，舟车难驾。
你像祖逖那样半夜闻鸡起舞，
不忘国难的精神最令我爱重赞夸。
你说过："男子汉到死心如铁坚。"
但愿你努力一显身手，
补好破碎的山河，统一天下。

贺 新 郎

用前韵送杜叔高①

此词作于淳熙十六年(1189)春间。杜叔高是辛弃疾与陈亮的友人,其时正往访辛弃疾,离别时,辛作此词相送,所抒写的怀抱与寄赠陈亮的两首《贺新郎》相似。上片先赞叔高诗如仙乐,次说叔高诗风冷峻奇崛,情绪感伤抑郁,对叔高志不得伸的遭遇表示同情。下片鼓励叔高振作精神,为国家作一番事业,并对朝中权贵清谈误国表示极大的不满。又由悲风中铮铮作响的檐间铁马,联想到自己不能荷戈征战,驰驱疆场,而"南共北,正分裂"的局面依然如故,因而感慨万端。报国无门的悲愤激越情绪溢于言表。

细把君诗说②。恍余音、钧天浩荡③,洞庭胶葛④。千丈阴崖尘不到,惟有层冰积雪⑤。乍一见、寒生毛发⑥。自昔佳人多薄命,对古来、一片伤心月⑦。金屋冷,夜调瑟⑧。　　去天尺五君家别⑨。看乘空、

鱼龙惨淡⑩，风云开合⑪。起望衣冠神州路⑫，白日销残战骨⑬。叹夷甫、诸人清绝⑭。夜半狂歌悲风起，听铮铮、阵马檐间铁⑮。南共北，正分裂。

【注释】

① 前韵：指辛弃疾寄陈亮的《贺新郎》词所用之韵。杜叔高：名斿(yóu)，金华兰溪(今属浙江)人，曾官秘阁校勘，颇有诗名，陈亮谓其诗"如干戈森立，有吞虎食牛之气"(《龙川文集·复杜叔高书》)。② 说：评说，评论。③ 钧天：即钧天广乐，传说中天宫的音乐。春秋时，晋国赵简子梦至天宫，与百神游于钧天(天之中央)，欣赏"广乐九奏万舞"，觉"其声动人心"。见《史记·赵世家》及《扁鹊列传》。浩荡：高远壮阔。④ 洞庭：指美妙的《咸池》古曲。《庄子·天运篇》说"黄帝张咸池之乐于洞庭之野……其声能短能长，能柔能刚，变化齐一，不主故常"。胶葛：空旷遥远的样子。司马相如《上林赋》："张乐乎胶葛之宇。"上二句说，杜叔高的诗韵味悠长，如天上人间最美妙的音乐，回旋缭绕在天地之间。⑤"千丈"二句：意思是，杜叔高的诗如阴崖冰雪，高洁冷峻，纤尘不染。阴崖：朝北的山崖。⑥ 寒生毛发：即毛发生寒。⑦"自昔"三句：意思是，自古以来，君子的命运都不好，真堪对月伤心。佳人：即佳士，君子，这里亦指杜叔高。⑧"金屋冷"二句：《汉武故事》载，武帝幼时对姑母说，倘能得表妹陈阿娇为妇，当以金屋贮之，后来阿娇失宠，被冷落于长门宫。这里喻叔高不得重用。⑨"去天"句：辛氏《三秦记》载民谚曰："城南韦杜，去天尺五。"是说唐代居住长安城南韦曲、杜曲地区的韦、杜二大族与宫

廷接近,世为贵官,权势熏天。别:区别。这句说杜叔高自有才具,虽姓杜,与“去天尺五”的韦、杜权贵依仗家世门第入仕者不同。⑩ 鱼龙:指杜叔高等英才之士。古代有鱼化龙、龙飞升的传说。惨淡:辛苦经营。⑪ 风云开合:风云变化,指能左右时局。上二句说杜叔高能在政治上大有作为,影响朝政。⑫ 衣冠:原指士大夫,这里隐含繁盛的汉族文明。神州:原指中国,这里指金人统治下的中原地区。⑬ 销残:销蚀朽残。战骨:战士的骸骨。上二句说,原先冠盖满路的中原大道上,如今只剩残存的骸骨。⑭ 夷甫:西晋宰相王衍,字夷甫,神情明秀,风姿闲雅,口不论世事,日尚清淡,终致国破身亡。清绝:清高绝伦。这里是讽刺南宋当政者如王衍一样脱离实际,无治国真本领。⑮ 檐间铁:古代挂在屋檐间的铁片,风吹则叮当作响。上三句言外之意是,作者听到檐间铁片声而联想到疆场杀敌的战马声,与下篇《破阵子·醉里挑灯看剑》中“梦回吹角连营”句意正同。

【翻译】

我手持你的诗篇仔细品评欣赏。
仿佛听到天宫正演奏钧天广乐,
余音缭绕,响彻四面八方。
又像听到黄帝张设的《咸池》古曲,
盘旋回荡在空阔的人间天上。
你的诗歌境界高洁,奇崛冷峻,
如同纤尘不染的千丈阴崖,
覆盖着晶莹的冰雪繁霜。

突然读到，顿使人毛发生凉。
自古以来佳士君子多命途困顿，
多少人曾仰望明月独自感伤。
就像当年的陈阿娇被冷落在长门宫，
只有夜半鼓瑟自解百结愁肠。

你是这样才华横溢品格高尚，
同气焰熏天的韦杜大族自然两样。
我盼望你如同鱼龙变化，
叱咤风云，力挽狂澜，重振朝纲。
抬头远眺昔日繁荣昌盛的中原大地，
如今只剩下销残的骸骨触目凄凉。
可叹王衍那样的人物只知清谈，
误国亡身的教训令人悲怆。
我夜半慷慨高歌，悲风四起，
吹得屋檐下的铁马叮当作响。
可惜可恨啊，
南北分裂的局面竟依然这样。

破 阵 子

为陈同甫赋壮词以寄之①

这首词大约写于作者与陈亮在鹅湖会见而又分别之后,具体时间已难确考。全词十句,前九句为一大层次。写自己想象中的陈亮及抗金部队昂扬奋发,疾如雷霆,冲锋陷阵,扫荡强敌的爱国精神和英雄气概。这种紧张豪迈的军旅生活的描绘,既是对陈亮的激励,也有作者青年时期在耿京军中的战斗生涯的追忆及作者理想的渲染。他其实是将自己和陈亮都纳入抗金的梦境中,挽弓跃马,叱咤沙场,在想象中实现了自己梦寐以求的杀敌报国、收复失地的夙愿。末句自成一层次。以可叹可悲的现实与梦中理想相对照,既悲陈亮,亦是自悲,使作者因壮志难酬而痛心疾首的悲凉忧愤达到极点;又以理想与现实的尖锐矛盾,曲折地谴责了南宋昏庸的当权者,因而具有极强的感染力。这首词在写作上颇有特色。它将想象中的陈亮的抗敌生活,安排在醉梦的迷离恍惚之中,便于酣畅淋漓地抒发自己豪迈的复国讨贼之情和悲凉的无路请缨之慨。使一喜一悲的感情激流奔腾澎湃，大起大落，感天动地。在结构上，它也改变了词于上下片处转折的传统写法，使上下片密不可分。前九句一气贯注，末一句才陡然一转。这固然是由于抒情的需要，也表现了辛词艺术上的独创精神和非凡的才力。

醉里挑灯看剑，梦回吹角连营。八百里分麾下炙[2]，五十弦翻塞外声[3]。沙场秋点兵。　　马作的卢飞快[4]，弓如霹雳弦惊。了却君王天下事[5]，赢得生前身后名。可怜白发生！

【注释】

① 陈同甫：见前《贺新郎》(把酒长亭说)词题注。壮词：抒写豪壮情怀的词。② 八百里：这里代指牛。《世说新语·汰侈篇》记载，晋朝的王恺有一头珍贵的牛名“八百里驳(bó)”。麾(huī)下：部下。麾为军中大旗。炙：烤熟的肉，这里指烤肉吃。③ 五十弦：古代的瑟有五十弦。这里泛指军中的各种乐器。翻：演奏。塞外声：边疆地区的歌曲，这里泛指悲壮的军歌。④ 的卢：良马名。传说刘备曾乘的卢马跃过檀溪，逃脱了刘表部将的暗害，事见《三国志·蜀先主传》注引《世语》。⑤ 了却：结束，完成。君王天下事：统一国家的大业。古代多以君王作为国家的象征，故将统一大业说成“君王天下事”。

【翻译】

酒醉中拨亮灯火端详着宝剑，
睡梦里萦绕着座座军营的号角声。
将鲜美的牛肉分赏给战士烤吃，
军乐队演奏的雄壮乐曲激动人心。
秋高马肥的时节，战场上正在阅兵。

跨着快如“的卢”的战马飞驰前行，
弓弦的响声就像霹雳轰鸣。
努力完成收复失地统一天下的大业，
争取生前死后都留下为国立功的勋名。
可惜已经两鬓白发，却不能报效朝廷！

鹊　桥　仙

己酉山行书所见[1]

这首词作于淳熙十六年(1189)闲居上饶时。这首农村词写的是山行所见,角度是“行”中所见所感。上片主要写自己山行中的闲情逸趣,突出“闲”字。他热爱这里的山山水水,多少次“闲来闲去”,足见心情之悠闲,而常常又是带着醉意游山玩水,又平添了几分闲逸和孤寂。下片由写自己转向写村民和田野。首先见到的是娶媳嫁女的欢乐场面,这里灯火通明,欢声笑语,热闹非凡,和上片的清幽、孤寂适成鲜明的对照。结拍把视线投向丰收的田野,流露出无限的喜悦之情。词中作者山行的情绪是由“闲”到“乐”到“喜”,过渡自然,毫不牵强,语言朴素简洁,生动明快,读来字字亲切。

松岗避暑,茆檐避雨[2],闲去闲来几度。醉扶怪石看飞泉,又却是、前回醒处。　　东家娶妇,西家归女[3],灯火门前笑语。酿成千顷稻花香,夜夜费、一天风露④。

【注释】

① 已酉：即淳熙十六年(1189)。② 茆：同“茅”。③ 归女：嫁女儿，古代女子出嫁称“于归”。④“酿成”两句：意思是大自然用一天天的清风白露，酿造了千里稻花香。

【翻译】

在长满青松的山岗上度过酷暑，
茅草房的屋檐下我也避过风雨，
悠闲地来来去去已不知次数。
醉中扶着怪石观赏飞瀑流泉，
原来还是在我上次的酒醒之处。

东邻娶来了贤惠的媳妇，
西家正嫁出掌上明珠。
门前灯火通明如同白昼，
亲友们欢声笑语真诚祝福。
村外千顷稻花香气醉人，
全亏了日日夜夜的清风雨露。

清　平　乐

忆吴江赏木樨①

这首咏物词写于闲居带湖时，此词四卷本《稼轩词》丙集题作“谢叔良惠木樨”，叔良即余叔良，作者的友人，惠是惠赠，可知是由友人赠桂花而引发出的对二十余年前在吴江赏桂的忆念。首二句由一“忆”字领起，并点明年轻时客居吴江赏桂的特定时间地点。下面转入对桂花的歌颂，作者抓住了桂花的主要特征，略貌取神，突出它的貌不惊人却芳香浓郁。“明月团团高树影”句，意境深邃幽雅，使人自然联想到月中的桂树。“团团”二字，既是形容圆月，也是描写桂树，古诗中以“团团”写桂的名句很多，如李白的“仙人垂两足，桂树作团团”；陆游的“丹葩绿叶郁团团，消得嫦娥种广寒”。下片盛赞桂花的品质，她虽然平凡得像宫黄，却把浓烈的芳香洒向人间，洒向世界的各个角落，这是在咏桂，也是对那种不炫耀自我，不哗众取宠，而默默无闻地作出奉献的高尚品德的赞颂。

少年痛饮，忆向吴江醒②。明月团团高树影，十里水沉烟冷③。　　大都一点宫黄，人间直恁芬芳④，怕是秋天风露，染教世界都香⑤。

【注释】

① 吴江：今江苏省吴江市，作者于隆兴二年(1163)江阴签判任满后曾漫游吴楚，到过此地。木樨：桂花的别称。② "少年"二句：意谓回忆自己年轻时曾开怀痛饮，面对吴江酒醒了。吴江：这里指吴淞江，流经吴江县，西接太湖。③ 水沉：一种香名，又称沉香。④ "大都"二句：意谓桂花虽然形小色淡，却给人间带来浓郁的香气。大都：不过。宫黄：古代宫中妇女化妆用的一种黄粉，这里用来形容黄色的桂花。直恁(nèn)：竟然这样。⑤ "怕是"二句：意思是也许是桂花要借着秋天的风露，把整个世界都染香。怕是：大概是，也许是。教：使得。

【翻译】

回忆起年轻时曾在这里狂饮一场，
酒醒了眼前是奔流的吴淞江。
团团明月投下了桂树的身影，
十里之外都散发着桂花的幽香。

桂花只不过有一点点宫黄之色，
却给人间送来这样的芬芳。
也许是她要借着秋天的风露，
让香气飘散到世界的四面八方。

清　平　乐

题上卢桥①

这首词写于隐居带湖时。作者用清新自然的语言，描写了上卢桥周围的山水风光，并阐发由观景而产生的富有理性的思考。上片主要写景，景物中突出溪水和群山。首二句写清泉不顾青山的阻碍，一路欢畅地奔流，赋予它任何障碍不能阻挡，什么困难都能克服的顽强性格。接着把视线推向远处，那里溪水蜿蜒，山峦起伏，十里平地，山环水抱，犹如一幅写意山水画。下片由写景转入议论，即景明理，理中含情，由欣赏自然美景转向对自然界、人世间变化的思索。作者想到，古往今来，自然界在不断变化，山陵变深谷，深谷变山陵，沧海桑田没有穷尽，而人世间的沧桑变化又何尝不是如此？接着由远及近，由阔大的自然空间想到眼前，上卢桥这块土地不也经过了小小的盛衰兴亡的变化吗？说明了大千世界总是处在不断的运动变化之中，这议论中包含着朴素的辩证思想，同时抒发了对人生穷通变化的感慨。将写景、抒情、明理三者有机地结合，便是这首写景词的特色。

清泉奔快，不管青山碍②。十里盘盘平世界③，更着溪山襟带④。 古今陵谷茫茫⑤，市朝往往耕桑⑥。此地居然形胜⑦，似曾小小兴亡。

【注释】

① 上卢桥：在上饶境内。② 碍：阻碍，阻挡。③ 盘盘：曲折回旋的样子。④ 更着：再加上。溪山襟带：以山为衣襟，以溪水为衣带，形容山环水绕的美景。⑤“古今”句：意思是古往今来，大山变成深谷，深谷变成大山，自然界总在不断变化。陵：山陵，大山。谷：山谷。茫茫：辽阔无边的样子。⑥“市朝”句：意思是繁华的都市变成了农田。市朝：城市。耕桑：耕种土地，种桑养蚕，这里指田地。⑦ 形胜：地势险要，风景优美。

【翻译】

一道清泉飞快地奔流向前，
不顾青山的重重阻拦。
弯弯曲曲流过十里平展的土地，
山为衣襟，水做衣带，秀美壮观。

古往今来高陵深谷变迁不断，
繁华的都市变成了耕地桑田。
眼前这块土地形势险要景色非凡，
也似曾有过小小的兴衰变迁。

西　江　月

夜行黄沙道中①

此词作于闲居带湖时。黄沙岭一带风景优美，作者写过几首词描写这里的风光，此为很有特色的一首。词中围绕着夜行的特点，展现出夏夜乡村田野的幽美景色及作者对丰收年景的由衷喜悦。这首词景物的铺设独具匠心。上片摄取的空间由高而低，从天上明月而至枝头的喜鹊，树上的鸣蝉，再至稻花飘香的田野，层次极为分明。在宁静的夏夜中，突出蝉的鸣叫和预报丰年的蛙声，使这平静的大地增添了无限生机，作者的喜悦之情也洋溢其中。下片空间的推移由远及近，先写天边寥落的疏星，再写山前飘洒的细雨，夜深了，天气变了，该找个地方投宿，转个弯儿，走过小桥，那熟悉的山野小店就在眼前。不但扣紧了“夜行”，作者心中的惬意和舒畅也跃然其间。整首词笔调轻快、灵活，和作者所表达的心情非常和谐。

明月别枝惊鹊[2]，清风半夜鸣蝉。稻花香里说丰年，听取蛙声一片。　　七八个星天外，两三点雨山前。旧时茆店社林边，路转溪桥忽见[3]。

【注释】

①黄沙：即黄沙岭，在江西上饶的西面，作者闲居带湖时，常常路经这里。②“明月”句：意思是明亮的月光惊醒了睡在树枝上的喜鹊。与苏轼《次韵蒋颖叔》诗“月明惊鹊未安枝”句意同。别枝：斜枝。③“旧时”两句：意思是转个弯，过小桥，忽然发现了在土地庙的树林边那往日熟悉的茅店。茆（máo）店：屋顶盖着茅草的小客店。茆：同“茅”。社：土地庙。

【翻译】

明亮的月光惊醒枝头的喜鹊，
半夜里清风送来阵阵蝉鸣。
田野飘散着稻花的清香，
青蛙在歌唱着丰收年景。

稀疏的星光闪烁在天边，
点点细雨洒落在山前，
转个弯小桥上忽然看见，
那熟悉的茅店就在土地庙旁丛林边。

行香子

三山作①

本篇作于光宗绍熙五年(1194)春间,时作者任福州知州兼福建安抚使。辛弃疾自绍熙三年春天重被起用,入闽任福建提点刑狱,第二年秋迁知福州,为安抚使,虽已离别带湖,重入仕途二年,但志在恢复中原,并不以富贵为意。恢复之志不行,则厌弃宦途之心顿生,多次上书辞官,朝廷均无回音。此词抒写了作者既欲归隐,又担心朝廷不予允准,更希望光宗改弦更张,使局势能有变化的复杂矛盾心情。先写好雨当春,清明已到,正是归耕垄亩的好时候,但小窗听雨,风云不定,心绪难宁。次以风雨不止,花絮飘零,暗喻政局未可乐观;以莺燕叮咛暗喻自己处境不佳,恐怕退隐闲居的愿望难以实现。又想到只要天意允许,则雨过天晴,局势仍有转机,又似乎不必担心。但天意本就难测,未必遂己所欲,阴晴变幻究竟如何,又令人不能不担心。描写心理,一波三折,颇见才力。通篇出以比兴,以风雨阴晴,喻朝廷动静,意内言外,含蓄动人。

好雨当春，要趁归耕[②]，况而今已是清明。小窗坐地[③]，侧听檐声[④]。恨夜来风，夜来月，夜来云[⑤]。

花絮飘零，莺燕丁宁[⑥]，怕妨侬湖上闲行[⑦]。天心肯后，费甚心情[⑧]。放霎时阴，霎时雨，霎时晴[⑨]。

【注释】

①三山：今福建福州市，因城中有三座山而得名。②趁：乘时。③坐地：坐着。“地”为语助词。④檐声：屋檐间滴水的声音。⑤“恨夜来”三句：以气候不定喻辞官之请能否允准之难测。⑥丁宁：同“叮咛”，再三嘱咐。⑦侬：我，作者自称。湖上闲行：湖边散步，这里喻退隐闲居。这句说朝廷态度不定，恐怕会妨碍自己顺利归隐。⑧“天心”二句：含意是，只要皇帝首肯，我就不必担心。天心：天意，喻皇帝的心意。⑨“放霎时”三句：听任天气忽阴忽晴，表现了无可奈何的心情。放：听任。

【翻译】

识趣的好雨当春发生，
我要趁这时令回家躬耕，
何况现在已经到了清明。
我独自闷坐在小窗边，
侧耳倾听檐间的滴水声。
可恨夜晚一会儿刮起大风，

一会儿升上明月，
一会儿铺满乌云。

落花飞絮在风雨中飘零，
黄莺燕子再三对我叮咛，
怕妨碍我到湖畔闲行。
只要天意允许我在湖边漫步，
我又何必这样烦闷操心。
但我担心老天爷放任天气一霎时便阴沉，
一霎时下雨，
一霎时又晴。

水　龙　吟

过南剑双溪楼①

辛弃疾于绍熙三年(1192)春任福建提点刑狱,年底被召赴临安,四年秋知福州、兼福建安抚使,五年七月被罢职。此词当系福建任上按临南剑州时所作,确切年月已无考。词的上片写登楼远眺产生的联想。“西北浮云”虽为眼前景物,但又隐喻沦陷的中原大地上金兵的肆虐,于是自然地过渡到双溪楼所在地剑溪的典故,幻想着能取出剑溪中光冲牛斗的神剑去澄清浮云,使中原大地重见天日。但山高、潭空、水冷、溪暗,深藏潭底的神剑不易寻觅,暗喻现实形势复杂险峻,前景未容乐观。并再用温峤燃犀的典故,表达了自己追寻神剑的热切心意,以及对于追寻中可能遇到的艰难挫折的忧惧。将自己既图觅剑报国,而又被朝廷腐败的现实阻束,忧谗畏讥的郁闷情怀渲染得极为真切鲜明。下片从具体描绘双溪楼附近的地理形势入手,用“峡束苍江”,江水“欲飞还敛”,状写飞流被阻、回漩激荡的眼前景象,进一步将自己收复失地的壮志屡被阻遏的窘境作了极形象的比喻，使读者更深切地体验到了作者悲愤的情怀。接着用陈登高卧的典故描绘自己在志不得伸的境况中无可奈何的自嘲自悲，从而自然地抒发了对“千古兴亡”的历史和“百年悲笑”的人生的一种未曾明言的感慨，给读者留下了回味联想的不尽余地。最后又以眼前江边的夕阳晚景收束全词，流露了对日趋衰败的南宋国运的深沉忧虑和爱国热忱。这首词通篇多用托喻、对比，一波三折，极富变化，幽隐曲折地抒写了自己胸中激荡的爱国之情及悲愤慨叹，沉雄而不粗率，是辛词中的名篇。

举头西北浮云②，倚天万里须长剑③。人言此地，夜深长见，斗牛光焰④。我觉山高，潭空水冷，月明星淡。待燃犀下看⑤，凭栏却怕，风雷怒⑥、鱼龙惨⑦。

峡束苍江对起⑧，过危楼，欲飞还敛⑨。元龙老矣⑩，不妨高卧，冰壶凉簟⑪。千古兴亡，百年悲笑⑫，一时登览。问何人又卸⑬，片帆沙岸，系斜阳缆⑭？

【注释】

① 南剑：即南剑州，宋代州名。唐代原名剑州，宋太宗太平兴国年间因蜀中亦有剑州，遂加“南”字以相区别，称南剑州，治所在今福建南平市。双溪楼：在南剑州府城东。双溪：指剑溪和樵川。王象之《舆地纪胜》载南剑州

“剑溪环其左，樵川带其右，二水交流，汇为澄潭，是为宝剑化龙之津”。楼在二水会合之处。② 西北浮云：西北的天空被浮云遮蔽，这里隐喻中原河山沦陷于金人之手。③“倚天”句：意谓扫荡浮云需要撑天的长剑。④ 斗牛：二十八宿的斗宿和牛宿，是相邻的两个星区。《晋书·张华传》和王嘉《拾遗记》均记载，西晋张华夜晚常见牛斗二宿之间有紫气，便请教精通天文的雷焕，雷焕说那是宝剑的精光，并断定光焰生于丰城（今属江西），张华便派雷焕任丰城令，焕在丰城狱中掘得两把宝剑，一名“龙泉”，一名“太阿”，张雷二人各持一剑。后张华被诛，失剑所在，雷焕死后，其子雷华佩剑经过延平津（即剑溪），宝剑忽从腰间跃出，飞入水中，华派人入水寻剑，却见双龙各长数丈，缠绕盘曲于潭底。⑤ 待：打算，想要。燃犀下看：点燃犀牛角察看潭底。传说燃犀照水，可使水中怪物毕现。《晋书·温峤传》记载，江州刺史温峤平叛后返武昌，途经牛渚矶（在今安徽马鞍山市长江东岸），见水深不可测，当地人言水中多妖怪，温峤便点燃犀角下照水底，不久，见水中怪物赶来灭火，有的乘马车，有的着赤衣，奇形异状。后世多用此典喻洞察奸邪，此处是燃犀觅剑的意思。⑥ 风雷怒：形容狂风暴雷恶浪，暗喻朝廷形势险峻。⑦ 鱼龙：指水中怪物，暗喻朝中阻遏抗战的小人。惨：狠毒。⑧ 束：夹峙。对起：指剑溪两岸高山对峙。⑨ 欲飞还敛：形容水流奔涌向前，因受高山的阻束而回旋激荡，渐趋平缓。以眼前水势暗喻作者壮志被阻的悲愤激荡的情怀。敛：收束住。⑩“元龙”二句：元龙，指陈登，三国时魏人，有扶世济民之志，不求个人安居，名重天下，曾任广陵太守，年三十九病卒。这里作者既以陈登的壮志自比，又感慨自己年华渐老，壮志无成，将来恐怕只能闲居终了一生。⑪ 冰壶凉簟：喝冷水，睡凉席，形容隐居自适的生活。⑫ 百年悲笑：指人生百年中的悲喜遭遇。⑬ 卸：解落，卸下。⑭ 缆：系船用的绳子。上三句暗喻朝廷苟安，不思抗战，使收复失地的努力停止下来了。

【翻译】

抬头远望，西北天空浮云弥漫，
扫荡阴云还须撑天的万里长剑。
人们都说在夜深人静的时候，
常常看见那剑潭里冲天的光焰。
我却只见周围险峻的高山，
冰冷的江水、幽深的剑潭。
明亮的月牙儿静静地挂在天穹，
稀疏的星儿却是那样地惨淡。
我想点燃起犀牛角向潭底察看，
倚着栏杆，又担忧风雷震怒、鱼龙凶残。

高峡紧紧约束着江水，
对峙耸立在剑溪两岸。
飞湍的激流奔过双溪楼边，
被峡谷束限只得缓缓向前。
我虽像陈元龙一样满怀济世的壮志，
但已日渐衰老，不妨高卧家园。
喝杯凉水，睡着凉席，

度过悠闲自在的晚年。

历代的兴盛衰亡，人生的欢笑悲伤，

一时都映入眼底，涌上心间。

啊！远处沙岸边是谁又卸落船帆，

在斜阳夕照中抛锚系缆？

最 高 楼

吾拟乞归①，犬子以田产未置止我②，赋此骂之。

辛弃疾于绍熙五年(1194)七月被言官参劾，罢知福州职，本篇可能作于此次落职之前。作者因自己复国报仇的愿望难以实现，朝廷中的谗毁迫扰又不时袭来，不能安于其位，故欲抽身归去。上片言仕途危机四伏，要以穆先生、陶县令这些前贤为师，及早退身，不必期待功名富贵，言外自含对朝廷不能真用抗战志士的愤懑。下片想象归隐田园、饮酒吟诗之乐。“千年”、“一人”二句既是晓谕其子不必以置田产为念，更是自勉，表现了旷达的胸襟，亦颇富哲理。末三句照应开端，说朝中是非颠倒，无需置辩，得休便休。

吾衰矣，须富贵何时③。富贵是危机④。暂忘设醴抽身去⑤，未曾得米弃官归⑥。穆先生，陶县令，是吾师。 待葺个、园儿名“佚老”⑦，更作个、亭儿名“亦好”⑧，闲饮酒、醉吟诗。千年田换八百主，一人口插几张匙⑨。便休休，更说甚，是和非⑩。

【注释】

① 乞归:请求退休归田。② 犬子:对自己儿子的谦称。田产未置:还没有置备好田地产业。止我:劝阻我。③“吾衰矣”二句:此二句用《论语·述而》“甚矣吾衰也,久矣吾不复梦见周公”及西汉杨恽《报孙会宗书》“人生行乐耳,须富贵何时”句意。孔子因年老而又久不梦见周公,知自己推行的周公之道无法实现;辛氏这里是说,我年已衰老而功业难成。须:等待。富贵:这里实包括功业在内。④“富贵”句:功名富贵会带来危险。用苏轼《宿州次韵刘泾》“晚觉文章真小技,早知富贵有危机”句意。⑤“暂忘”句:《汉书·楚元王传》载:元王刘交至封地,用穆生、白生、申公为中大夫,穆生不善饮酒,元王每宴会,都特意为穆生准备醴酒(甜酒),等到刘戊即王位,渐渐忘记单独给穆生备醴,穆生对人说:“醴酒不设,表明王对我的敬意松懈了,不离去,将要取祸。”于是称病离去。抽身:退出仕途。⑥“未曾”句:东晋陶渊明为彭泽县令,督邮来县视察,吏请渊明束带拜见督邮,陶渊明叹曰:“我不能为五斗米折腰向乡里小儿。”于是即日解印去职,任县令才八十日。⑦ 佚老:安乐闲适地度过晚年。佚通“逸”,安乐闲适。用《庄子·大宗师》“佚我以老”句意。⑧ 亦好:唐人戎昱《中秋感怀》云:“远客归去来,在家贫亦好。”这里用此意,是说退隐归耕,虽贫亦好。⑨“千年”二句:意谓人生富贵变幻无常,一人所费有限,应该知足勿贪。“一人”句为当时吴地俗语,范成大《丙午新正书怀》诗自注云:“吴谚云:一口不能着两匙。”匙:饭匙。⑩“便休休”三句:退隐了便一切作

罢，还说什么是和非。休休：前一“休”字作退隐讲，后一“休”字是罢了、作罢的意思。

【翻译】

我已渐渐年老，力尽筋疲，
功名富贵的实现要待到何时？
何况富贵功名还处处隐伏着危机。
穆生因楚王稍懈礼仪便抽身辞去，
陶潜尚未得享俸禄就弃官而归。
穆先生、陶县令那样明达，
他们都是我十分崇敬的老师。

我归隐后一定要将荒园修葺，
“佚老园”就是个合适的名字。
再建个亭儿取名为“亦好”，
我便能闲时饮酒，醉时吟诗。
一块田地千年之中要换八百主人，
一人嘴里又能插上几张饭匙！
退隐之后便一切作罢，
何须再费口舌说什么是非得失。

沁园春

灵山齐庵赋[1]，时筑偃湖未成

本篇作于宁宗庆元二年（1196），时作者自福州任上落职，返上饶带湖居住已三年。通篇以比喻写灵山齐庵一带山景。上片写山如奔马，泉如跳珠，桥如缺月，松如龙蛇，而作者矮矮小庐正在十万长松林畔，动静大小交相辉映，一切景物的比喻都十分巧妙贴切，形象鲜明，气势飞动，如一幅百尺画卷，横陈眼前。下片又具体状写灵山山色，以丰神俊秀的谢家子弟及雍容华贵的相如车骑比雄奇秀逸、姿态各异的灵山诸峰，这是以人状山。又以雄深雅健的司马迁文章作比，写出灵山的万千气象，这是以文喻山。比喻新奇，出人意外，可谓匠心独创。明代杨慎盛赞此篇云："说松（按，当系"山"字之误）而及谢家、相如、太史公，自非脱落故常者，未易闯其堂奥。"（见《词品》卷四）

叠嶂西驰，万马回旋，众山欲东[2]。正惊湍直下，

跳珠倒溅③；小桥横截④，缺月初弓⑤。老合投闲，天教多事，检校长身十万松⑥。吾庐小，在龙蛇影外⑦，风雨声中⑧。　　争先见面重重⑨。看爽气朝来三数峰⑩。似谢家子弟，衣冠磊落⑪；相如庭户⑫，车骑雍容⑬。我觉其间，雄深雅健⑭，如对文章太史公⑮。新堤路，问偃湖何日，烟水濛濛⑯？

【注释】

① 灵山：在今江西上饶市西北七十余里，山势高峻，绵延百余里。齐庵：在灵山。作者原打算在此处居住，因筑备游山小憩之庐。偃湖：观词中“新堤路”句，作者原打算筑堤蓄水成湖，时尚未竣工。② “叠嶂”三句：意谓灵山重重叠叠的山峰如万马西驰东旋。叠嶂：重重山峰。东：用作动词，东向奔走。③ “正惊湍”二句：湍急的山泉飞腾直下，激起的水珠蹦跳四溅。惊湍（tuān）：急流。④ 横截：指横跨在水面上好像要截住水流。⑤ 缺月初弓：形容小拱桥状如弓起的一轮新月。⑥ “老合投闲”三句：表达了作者对朝廷排斥抗战派的不满。合：应当。投闲：置身于闲散之中，指退出仕途而获清闲。检校（jiào）：巡查，管理。长身：高大的。⑦ 龙蛇：指枝干苍劲屈曲形如龙蛇的松树。这里也暗喻朝廷，杜甫《早朝》诗云：“旌旗日暖龙蛇动。”龙蛇是皇宫仪仗队旗帜上的图案。⑧ 风雨声：风雨吹刮松林发出的声响，即松涛声。这里也隐喻政治风雨。上二句隐喻自己虽已退隐，在朝廷控制之外，却仍可听到朝中政治风雨的信息。⑨ “争先”句：意谓群峰在夜雾消散后争相露面。⑩ 爽气朝来：指群山朝来送爽，沁人心脾。⑪ “似谢

家”二句：谢家子弟：指东晋大族谢安家的子弟。衣冠磊落：形容谢家子弟讲究服饰仪容，俊伟大方的样子，这里用以形容山峰俊秀挺拔。⑫ 相如庭户：西汉文学家司马相如的庭院门户。⑬ 车骑雍容：《史记·司马相如列传》载，司马相如到临邛去，跟随他的车马“雍容闲雅甚都（华丽）”。即仪态优雅，排场盛大，而又安详从容。这里以车骑雍容形容山势连绵起伏，气势磅礴。⑭ 雄深雅健：唐代韩愈曾说柳宗元的文章“雄深雅健，似司马子长（司马迁）”（见《新唐书·柳宗元传》）。指柳文气魄雄放，内容深刻，文字高雅而又刚健。这里用以形容群山雄奇秀逸，各具风姿，仪态万千。⑮ 太史公：即著《史记》的司马迁，字子长，西汉著名文学家和史学家，曾任太史令，自称太史公。上二句说，面对巍峨壮丽的群山，如同面对太史公雄深雅健的文章，百看不厌。⑯ “新堤路”三句：意思是，新湖堤已筑成，问偃湖何日可以竣工，从而能见烟水濛濛的景色。濛濛：迷濛，迷茫。

【翻译】

重重叠叠的山峰向西奔涌，
如万马奔腾忽又回旋向东。
湍急的山泉直泻而下，
激起雪白的水珠飞溅跳动；
玲珑的小拱桥横跨在水面，
好像弓形的新月做了它的桥洞。
年老体衰就该退隐度闲，
老天却教我多事，来管理十万长松。

我那小小居庐就在这松树林外，
时时可听到风雨松涛响彻长空。

浓重的夜雾渐渐消散，
争先露面的是那些重叠的山峰。
我清晨出外遥看对面群山，
奔涌而来的清新爽气充满心胸。
林立的青山多么俊秀挺拔，
如同谢家子弟俊伟大方讲究仪容。
连绵的山峰气势磅礴壮丽，
又像司马相如华丽优雅的车马随从。
我说灵山雄奇秀逸气象万千，
如同太史公的文章那样雅健深雄。
新开的湖堤已经筑成，
不知偃湖何日可以竣工，
我可以从容观赏湖山烟水迷濛？

沁园春

将止酒[1]，戒酒杯使勿近[2]

本篇作于庆元二年(1196)。时作者因病戒酒，又担心不能如愿，心理极其矛盾，故作此戒酒词。通篇用问答体，自开篇至“吾力犹能肆汝杯”，历数酒之罪，为作者所问。末三句为酒杯之答，不说是留是退，而说“麾之即去，招亦须来”，预留破戒地步，妙语解颐，令人绝倒。亦反映出作者戒酒时的内心矛盾。此词多议论，用散文化的句法入词，上下片之间亦无明显间隔，实际上前二十二句为一层，末三句为一层，打破了词的惯常作法，是辛弃疾以文为词，以议论为词的代表作品。

杯汝来前，老子今朝，点检形骸[3]。甚长年抱渴[4]，咽如焦釜[5]；于今喜睡[6]，气似奔雷[7]。汝说“刘伶，古今达者，醉后何妨死便埋[8]”。浑如此[9]，叹汝于知己，真少恩哉[10]！ 更凭歌舞为媒[11]。算合作、人间鸩毒猜[12]。况怨无大小，生于所爱[13]；物无美

恶，过则为灾[14]。与汝成言[15]：“勿留亟退[16]，吾力犹能肆汝杯[17]。”杯再拜[18]，道“麾之即去，招亦须来[19]”。

【注释】

① 止酒：戒酒。② 戒酒杯使勿近：告诫酒杯让它不要靠近我。③“杯汝来前”三句：汝：你，指酒杯。老子：老夫，作者自称。点检：检查、整饬。形骸：人的形体、躯壳，此指行为。④“甚长年”二句：甚：为什么。抱渴：嗜酒成瘾，非酒不能解渴。⑤ 咽如焦釜：咽喉干得像烧焦了的锅。⑥ 于今：如今。⑦ 气似奔雷：鼾声如雷。⑧“汝说”三句：意思是，酒杯劝我学刘伶，醉死何妨，不必戒酒。刘伶：西晋时人，《世说新语·文学篇》注引《名士传》载，刘伶嗜酒若狂，放荡不羁，常乘鹿车，携一壶酒，又令人荷锄随其后，说：“我在什么地方醉死了，你就掘个坑把我埋了。”达者：通达的人，指古代社会中不理世务，追求自适的人。⑨ 浑如此：竟然如此，即竟然说出这样的话来。⑩ 少恩：没有恩义，薄情。⑪ 凭：凭借。歌舞为媒：以歌舞作媒介，指人在歌舞时易受诱惑而饮酒。⑫ 算合作：算来当作。合：应当。鸩毒：鸩鸟之毒，传说鸩鸟的羽毛置酒中可成为毒酒。⑬“况怨”二句：意思是，怨恨都由爱恋产生。指恋酒易生怨恨。⑭ 美恶：这里主要指美。过：过度，过了头。⑮ 成言：成约，约定。⑯ 亟(jí)：急忙，赶快。⑰ 肆：古代将人处死之后陈尸示众叫肆。这句说，我的力量仍能摔碎你这个杯子。⑱ 再拜：拜谢两次，这里指再三拜谢，表示恭敬。⑲“麾之”二句：意思是，斥退我，我就离开，召唤我，我也

一定来。麾：同“挥”。

【翻译】

酒杯，你靠近我跟前来，
老夫今天要整饬自身，
不使它再受伤害。
为什么我经年累月酒渴若狂，
喉咙干得像焦釜，真不自在；
现在我终于患病疏懒嗜睡，
一躺下便鼾声如雷。
你却说：“刘伶是古今最通达的人，
他说醉死何妨就地埋。”
可叹啊，你对于自己的知心朋友，
竟然会说出这样的话来，
真是薄情少恩令人愤慨！

再加上以歌舞作饮酒的媒介。
算起来应该把酒当作鸩毒疑猜。
何况怨恨不管是大是小，
都产生于人们过分的钟爱；
事物无论多么美好，
喜爱过度也会变成灾害。
现在我郑重地与你约定：
“你不要再逗留，应当赶快离开，
我的力量仍然可以将你摔坏。”

酒杯惶恐地连连拜谢，
说："你赶我走，我就离去，
招我来，我也一定再来。"

玉 楼 春

戏赋云山①

此词作于庆元二年(1196)秋冬之际。时作者在上饶带湖的居庐毁于火,移徙铅山瓢泉新居。上片写居处附近山峰被白云遮去,无影无踪,无法寻觅。开端一问,劈空而来,写得扑朔迷离。次句点出山被浮云推走,以猜测语气写出,不仅将浮云写活,也使沉重端凝的山峰与飘忽轻柔的白云的较量结果出人意表,极具风趣。三四句以溪头寻山映衬作者因青山被遮,怅然若失的焦虑之情,并进一步坐实浮云"推山去"的效果,使首句"推"字越发有力。下片写云开山现。以"嶓起"、"横度"反映山间风云变幻之速,以"忽见"、"老僧拍手"、"且喜"等语句突出作者的欢悦欣喜,并借老僧之口强调浮云终究不能蔽山,反映出作者的乐观态度。词意清新,想象奇特,词题云"戏赋",看似随便道来,实则颇费匠心。

何人半夜推山去？四面浮云猜是汝[2]。常时相对两三峰，走遍溪头无觅处。　　西风瞥起云横度[3]，忽见东南天一柱[4]。老僧拍手笑相夸，且喜青山依旧住[5]。

【注释】

① 云山：这里指浮云笼罩之山。②“四面”句：意思是，我猜准是你这四面浮云将山推走了。③“西风”句：意谓西风骤起，浮云被风吹散，横过天空。瞥起：乍起，骤起。④ 天一柱：一根天柱，形容山势挺拔高峻，如同撑天大柱。⑤ 青山依旧住：云消山现，青山依旧在原处。

【翻译】

何人半夜来推走了山冈？
我猜准是你这四面浮云的力量。
我平时常相对厮守的两三座山峰，
走遍溪流的尽头也不见它们的模样。

猛然间西风乍起浮云横过天空，
忽见一座高山支撑在东南方。
老僧拍手笑着夸赞：
可喜的是青山仍然在这里矗立。

贺 新 郎

邑中园亭[1]，仆皆为赋此词[2]。一日，独坐“停云”[3]，水声山色竞来相娱[4]，意溪山欲援例者[5]。遂作数语，庶几仿佛渊明“思亲友”之意云[6]。

此词作于庆元三四年间(1197—1198)，作者居于铅山瓢泉，因替“停云堂”命名而作此词。序中说用陶渊明《停云》诗“思亲友”之意，实则还寄托了对朝政败坏，抗战派零落，知音难觅的慨叹。上片开端引孔子语表明壮志难酬，吾道不行，接着感慨交游零落，只得移情于物，与青山为友。下片先以想象之词写陶渊明饮酒赋诗时的风致韵味，表明自己心慕前贤。接着对“江左沉酣求名者”，即南宋朝廷中人沉酣于声色名利的现状表示极端愤慨。最后以豪视古今的气概，抒发知音难觅的孤寂心情，词旨愤激悲凉。本篇镕铸经、史、子、集中语入词，但自然贴切，不觉堆砌。“我见青山”一联及“不恨古人”一联，是作者颇为得意的名句，据岳珂《桯史》载，辛弃疾每宴客，“必令侍姬歌其所作，特好歌《贺新郎》一词”，并自诵以上四句“拊髀自笑，顾问坐客何如?”岳珂认为此二联句法相似，辛弃疾接受岳珂建议,欲改此四句,但终未能改。其实此二联句法虽相似,含意却不重复,一写物我,一写古今,均一气呵成,流动连贯,不失为警策之言。

甚矣吾衰矣⑦! 怅平生、交游零落⑧,只今余几? 白发空垂三千丈,一笑人间万事⑨。问何物、能令公喜⑩? 我见青山多妩媚⑪,料青山、见我应如是⑫。情与貌⑬,略相似。　　一尊搔首东窗里⑭。想渊明、《停云》诗就,此时风味⑮。江左沉酣求名者⑯,岂识浊醪妙理⑰! 回首叫云飞风起⑱。不恨古人吾不见、恨古人不见吾狂耳⑲。知我者,二三子⑳。

【注释】

① 邑中园亭:指作者居住的铅山县中的园亭。② 仆:自称的谦词。此词:指《贺新郎》词调。③ 停云:停云堂,在铅山县东期思渡山上,作者用陶渊明《停云》诗意,取作堂名。④ 竞来相娱:争着来使我欢娱。⑤ 意:猜想,想来。援例:援引惯例,指作者遍为邑中园亭赋《贺新郎》词这一惯例。此句意思是,料想溪山好像也想援例让我为"停云堂"作一首词。⑥ 庶几:差不多。渊明"思亲友"之意:陶渊明《停云》诗序云:"停云,思亲友也。"这句意思是,我作这词的立意与陶渊明《停云》诗思亲友的立意差不多。⑦ 甚矣吾衰矣:《论语·述而》云:"甚矣吾衰也,久矣吾不复梦见周公。"言孔子自觉衰老,而周公之道尚未实现。作

者用此感叹他的抗战复国的愿望未能实现而年已衰老。⑧ 交游：友朋。零落：凋谢。⑨“白发”二句：李白《秋浦歌》云：“白发三千丈，缘（因）愁似个（像这样）长。”作者这里是说，自己在愁闷中度过一生，如今白白地老了，对人间万事一笑置之，不再关心。此为愤激之言。⑩“问何物”句：意思是，还有什么事能使我高兴呢？公喜：《世说新语·宠礼篇》记载，王恂、郗超有奇才，能令公（指大司马桓温）喜，能令公怒。公：这里是作者自称。⑪ 妩媚：姿态美好可爱。⑫ 如是：像这样。指料想青山亦觉得作者妩媚。⑬ 情与貌：感情与外貌。⑭“一尊”句：意谓手持酒杯，搔首东窗，思念良朋。用陶渊明《停云》诗中句意。陶诗云：“静寄东轩（带窗长廊），春醪独抚。良朋悠邈（远隔），搔首延伫（搔着头皮久立等待）。”尊：酒杯。⑮“想渊明”二句：料想陶渊明写完《停云》诗时，心情境况也同我现在一样。⑯ 江左：江东，今江苏南部，浙江北部一带。沉酣求名者：沉湎酒色，追逐名利的人。苏轼《和陶渊明饮酒诗》云：“江左风流人，醉中亦求名。渊明独清真，谈笑得此生。”作者这里隐喻南宋朝廷中沉迷声色名利而不思恢复失地的当权者。⑰ 浊醪（láo）：浊酒。妙理：指饮酒而悠然自得的乐趣。杜甫《晦日寻崔戢李封》诗云：“浊醪有妙理，庶用慰沉浮。”⑱“回首”句：回头大呼，风起云涌，形容自己的豪气狂态。⑲“不恨”二句：不恨我未能见到自己仰慕的古代贤人，可惜古人没有见到我的狂放风调。《南史·张融传》载，融曾说：“不恨我不见古人，所恨古人不见我。”⑳ 二三子：两三个志同道合的朋友。此二句感慨知音稀少。

【翻译】

可叹我已经如此衰老，
平生知交渐渐零落，
健在的友朋如今还剩多少？
白发空垂三千丈，
人间万事只能付之一笑！
试问还会有什么事物，
能激起我的兴致，丢掉烦恼。
我看那些青山姿态多么美好可爱，
料想青山也会将我视为同调。
无论是外貌还是情感，
我们是那样相似，维妙维肖。

手持酒杯，搔首东窗，浮想迢迢。
想当年陶渊明赋成《停云》，
心情风致必定似我一般清高。
江东迷恋于求名逐利的人们，
怎能领会这酒中的奥妙。
我仰天回首清吟长啸，
大风顿起，彩云飞飘。
不恨我未见古人的风韵，
只可惜古人未见我的疏狂雄豪。
可叹天地虽大四海茫茫，
知我者竟如此寥寥。

鹧 鸪 天

寻菊花无有，戏作

此词约作于庆元四年至六年(1198—1200)期间，时作者在铅山瓢泉闲居。上片直斥官场为臭腐之地，说自己退隐闲居，饮酒歌舞，与云烟为伴之后才感受到轻松愉快，透露出归隐林下的自欣自庆。下片由寻菊起兴，赞美菊花凌寒怒放的品格，既是对不屈于权贵的抗金志士的赞颂，也是作者的自许自况。上片直抒胸臆，下片则颇有寄托。写寻菊花不见，全从菊花那面着笔，不说自己寻不见菊花，却说菊花有意躲开重阳佳节，也使文笔多有变化。

掩鼻人间臭腐场①，古来惟有酒偏香。自从来住云烟畔②，直到而今歌舞忙③。　　呼老伴，共秋光④，黄花何处避重阳⑤？要知烂漫开时节，直待西风一夜霜⑥。

【注释】

①“掩鼻”句：意谓官场污秽腐败，令人急于掩鼻而

过。掩：捂着。② 云烟畔：云烟出没缭绕之处。指远离官场，人迹稀少，景色秀丽的隐居之地。③ 歌舞忙：指退隐之后清闲自在，可以歌舞自娱。④ “呼老伴”二句：呼唤老妻出外共赏重阳佳节的美丽秋色。秋光：秋色。⑤ 黄花：菊花。重阳：阴历九月九日为重阳节，古人有在这一天登高饮酒赏菊的习俗。⑥ 直待：当等到。直：当。

【翻译】

捂着鼻子急忙离开臭腐的官场，
从古以来只有酒浆甘甜清香。
自从搬到这云烟缭绕的地方，
直到如今我忙于歌舞心情舒畅。

秋高气爽，我呼唤老伴一起出外，
共同欣赏重阳佳节的美丽秋光。
遍寻菊花却不知它在何处，
可是故意要避开喧闹的重阳？
要知道须等西风吹过，严霜下降，
灿烂的黄菊才会凌寒怒放！

水调歌头

赵昌父七月望日用东坡韵叙太白、东坡事见寄①，过相褒借②，且有秋水之约③；八月十四日余卧病博山寺中，因用韵为谢④，兼寄吴子似⑤。

这首词写于罢居铅山瓢泉时期。绍熙五年(1194)，辛弃疾被弹劾落职，又一次开始了漫长的闲居生活，他虽再处江湖，但用世思想始终未泯灭，希望能重新得到任用，而这种理想的实现渺然无望，这首回赠友人的词抒发了由此而引起的惆怅和矛盾，并表示了对朋友的殷切思念。词以记梦的形式写从进入梦境到梦觉的过程。上片写梦境。起句“我志在寥阔”气度恢宏，为梦的内容张本，接着写进入梦乡：词人抚摸素月，与驾鸾凤的友人和前贤李白、苏轼同游月宫，又以北斗为勺共饮，这一切如此畅快，是人间所难得的。丰富的想象中蕴藏着对自由理想境界的追求与探索。下片继续写梦境，并由梦而醒。梦中所唱实为内心独白，作者虽闲居山林，貌似闲适，而济世之心却不减当年，仍怀有鸿鹄之志。然而梦醒后，现实世界又使他怅惘。“人事底亏全”的疑问侧重在“亏”。为什么世事不能如人意？为什么胸怀复国大业却请缨无路？结尾二句照应题意，表达怀友之情，与朋友无由相见的怅惘则和上面一脉相承。本词以梦幻的形式抒发理想与现实的矛盾，作者张开想象的翅膀，人间天上，展现出许多瑰丽夺目、渺远离奇的艺术形象，充满了浪漫主义色彩。

我志在寥阔⑥，畴昔梦登天⑦。摩挲素月⑧，人世俯仰已千年⑨。有客骖鸾并凤，云遇青山、赤壁，相约上高寒⑩。酌酒援北斗，我亦虱其间⑪。　　少歌曰⑫："神甚放，形则眠⑬。鸿鹄一再高举，天地睹方圆⑭。"欲重歌兮梦觉⑮，推枕惘然独念⑯：人事底亏全⑰？有美人可语，秋水隔婵娟⑱。

【注释】

① 赵昌父：名蕃，字昌父。作者友人，家居信州玉山的章泉，世称章泉先生，工诗，风格近陶渊明。七月望日：阴历七月十五。用东坡韵：用苏轼中秋词《水调歌头》(明月几时有)的韵。见寄：寄赠给我。② 过相褒借：对我褒扬过甚。③ 秋水之约：约定在瓢泉秋水堂相见。④ 用韵：用赵昌父原作的韵。为谢：答谢。⑤ 吴子似：吴绍古，字子似，江西鄱阳人，时任铅山县尉，善诗，常与辛弃疾唱和。⑥ 寥阔：即寥廓，指茫茫的宇宙太空。⑦ 畴(chóu)昔：以前，过去。⑧ 摩挲(suō)：抚摸。⑨ 俯仰：低头抬头之间，即转瞬之间。⑩"有客"三句：意思是你驾着鸾鸟和凤凰，说遇到了李白和苏轼，约定一起到月宫里去。有客：此指赵昌父。骖(cān)：古指车驾两边的马，这里作动词，引申为

“驾”的意思。鸾(luán):传说中的一种神鸟。青山:代指李白,因李白葬于安徽当涂县的青山。赤壁:代指苏轼,因苏轼曾于湖北黄州赤壁作前后《赤壁赋》和《念奴娇·赤壁怀古》词。高寒:天上的高寒处,指月宫。苏轼《水调歌头》(明月几时有)词有句“我欲乘风归去,又恐琼楼玉宇,高处不胜寒”。⑪“酌酒”二句:意思是他们以北斗星为勺舀酒畅饮,我也在他们中间。酌酒援北斗:化用《楚辞·九歌》:“援北斗兮酌桂浆。”因北斗七星形似勺,故想象可用来舀酒。援:拿取。虱:这里用作动词,置身其间之意。带有不配与这几位高贤在一起的谦意。⑫少歌:轻声唱。⑬“神甚放”二句:意思是形体虽然像睡着一样,精神却很奔放,寓意虽然退隐了,但意志并未消沉。⑭“鸿鹄”二句:意思是自己还要像天鹅一样不断举翅高飞,看看天地是方还是圆。此句化用贾谊《惜誓》句:“黄鹄一举兮,知山川之纡曲;再举兮睹天地之圆方。”鸿鹄(hú):天鹅。高举:高飞。睹:看。⑮梦觉:梦醒。⑯惘然:怅惘的样子。⑰底:为什么。亏全:缺损与圆满。此为偏义复词,此处重在亏缺。此句是由月的亏缺而联想到人的失意。⑱“有美人”两句:意思是自己的心情尽管可以和知心朋友相谈,但无奈又被秋水阻隔。化用杜甫《寄韩谏议》诗“美人娟娟隔秋水”句意。美人:这里借指好友吴子似。婵娟:仪态美好的女子。

【翻译】

我的志向在那辽阔的宇宙,

前些日子我在梦中登上了蓝天。

用手抚摸皎洁的明月，
瞬息度过了人间的千年。
又梦见你乘着鸾鸟、凤凰，
遇见了苏轼和李白诗仙，
相约一起登上了月宫广寒。
拿起北斗作勺舀酒畅饮，
我也有幸在你们中间。

我轻轻地吟唱起心中的波澜：
“别看我形体如在睡眠一般，
精神却自由奔放，达观旷远。
我要像天鹅一次次举翅高飞，
看看这天地是方是圆。”
我想再唱呵，却从梦中醒来，
推开枕头心中怅惘升起疑念：
人间事为什么总难圆满？
这心事虽然可向知心朋友倾谈，
一泓秋水却把你隔得老远老远。

浣　溪　沙

此词作于庆元六年(1200)罢居铅山瓢泉时。这首词以明快的语言描写了将要到来的丰年给农民带来的欢愉。上片写农民的一片欣喜之情。风调雨顺预示着丰年的到来,“争言”二字,活画出老农们的兴奋与快慰。接着以往年的困窘,反衬今年的舒心:去年紧皱的眉头如今舒展开了;往日落满灰尘的饭甑,如今也清洗干净,准备用新米做饭。从桩桩细节中体现农民的艰辛和喜悦及作者对他们的关切之情。下片描写赏心悦目的春景:鸟儿唱着欢快的歌,殷切地挽留客人;桃花初展笑靥,调皮地撩逗行人;梨花盛开,满头白雪。作者将花鸟拟人化了,使春天充满了一派生机。

父老争言雨水匀①,眉头不似去年颦②。殷勤谢却甑中尘③。　　啼鸟有时能劝客,小桃无赖已撩人④。梨花也作白头新。

【注释】

① 父老：指当地的老人。雨水匀：雨量适中，风调雨顺。② 颦（pín）：皱眉头。③ 殷勤：情意诚恳地。谢却：此指除去。甑中尘：甑上落满灰尘，说明无米下锅，除去甑中尘说明有米做饭了。甑（zèng）：蒸饭的炊具。④ 无赖：顽皮。撩人：逗引人。

【翻译】

乡亲们纷纷争讲今年风调雨顺，
不似去年人人把眉头皱紧。
丰收的粮食就要抬进家门，
欢天喜地扫去甑上的灰尘。

小鸟欢快地啼叫，
劝客人慢些离村，
桃花绽开笑脸，顽皮地撩逗行人。
梨花盛开，一片雪白，多么清新。

鹧 鸪 天

有客慨然谈功名，因追念少年时事①，戏作。

本篇约作于瓢泉闲居期间。上片“追往事”。以兴奋激动的情怀回忆少壮时期亲身经历的抗金战斗生活，极言军威的盛壮、战斗的激烈及胜利的喜悦。形象生动，场面盛大，情绪昂扬，振奋人心。下片“叹今吾”。感慨南渡后数十年被放置投闲，远离前线，白白度过了大好时光，而壮盛之年不会再来，恢复国土的宿愿已无法实现，一生辛苦筹划的复国平戎方略不被朝廷理睬，大约只能去向邻居学种树了。壮志难酬的悲愤牢骚溢于言表。本篇感情沉郁悲凉，是作者豪放词中的名篇。写作上亦颇具特色，上下片对比强烈，情绪跳荡明显。而要在短短五十五字的小令中，概括作者一生不平凡的经历与难宣泄的悲愤，难度极大，作者却如信口而出，一气呵成。此亦正因作者的悲愤郁结太深，不吐不快，故一发便自然感人。

壮岁旌旗拥万夫②，锦襜突骑渡江初③。燕兵夜娖银胡䩮④，汉箭朝飞金仆姑⑤。　　追往事，叹今吾，春风不染白髭须⑥。却将万字平戎策⑦，换得东家种树书⑧。

【注释】

① 少年时事：青年时期的事情。辛弃疾生于金人统治下的济南，宋高宗绍兴三十一年（1161），金主完颜亮南侵，中原百姓纷纷起义。辛弃疾聚众三千投奔耿京义军，任掌书记。第二年正月领耿京命，奉表南归，高宗召见，授职。北返至海州，闻耿京被叛将张安国所杀，部分义军被裹胁降金。辛弃疾率五十骑夜袭金营，于数万金兵中生擒张安国，并率耿京余部昼夜兼程南归宋朝，时年二十三岁。详见《宋史·辛弃疾传》。友人洪迈后来在《稼轩记》中盛赞此事“壮声英概，懦士为之兴起”。此为作者平生第一壮举。② 壮岁：少壮之时，这里指青年时期。旌旗：这里指战旗。拥万夫：率领上万名抗金战士。③ 锦襜（chān）：锦绣的短上衣，这里泛指军服整齐鲜明。突骑（jì）：骑着战马冲击敌军，此指冲出金兵的包围。渡江：南渡归宋。上二句具体描绘冲击金营，活捉叛将张安国并率师南归事。④“燕兵”句：意谓金兵在夜晚枕着箭袋小心防备。燕兵：此处指金兵。燕：战国时燕国，约在今河北北部、辽宁西部一带，北宋时期属辽国管辖，不在北宋控制之内，金灭辽之后，归金所有，故以燕兵代指金兵。娖（chuò）：小心谨慎的样子。银胡䩮（lù）：饰银的箭袋，多用皮革制成，除可盛箭，又可用于夜间测听远处声响。唐代杜佑《通典》载，夜间头

枕空胡簶，可听到三十里外敌军的动静。⑤“汉箭”句：意谓清晨宋军便万箭齐发，向金兵发起进攻。汉：代指宋，这里指作者率领的忠于宋的山东义军。金仆姑：箭名。上二句追述率师南归时的战斗场面。⑥“春风”句：欧阳修《圣无忧》词云：“好景能消光景，春风不染髭须。”此处意思是，年纪已老，就是那能染绿万物的春风也不能将我的白髭须染黑。髭（zī）：唇上的胡子。⑦ 万字平戎策：数以万字计的消灭敌军的战略方策。辛弃疾南渡后曾数次上书，提出抗击金兵，收复失地的战略计划，著名的有《美芹十论》、《九议》等。⑧ 东家：东邻。此句说自己的平戎策不被朝廷采纳，只好将它们去与邻居换那些栽种花木的书籍了，意即归隐田园。

【翻译】

想当年我正在青春年少，
统率着万千兵马旌旗飘飘。
战士们穿着鲜明的衣甲渡江南归，
英勇杀敌冲破了敌人的包抄。
敌兵闻风丧胆小心防备，
夜晚也枕着空箭袋睡觉。
我军勇气倍增磨刀擦箭，
清晨便万箭齐发射向敌巢。

追忆往事，难平翻滚的心潮，
感叹今天，不禁满腹牢骚。
春风纵然能将世间万物染绿，

却无法染黑我的白须，多令人伤悼。
洋洋万言的复国方略无人理睬，
我只得向东邻学习栽树种草。

卜 算 子

漫 兴①

此词约作于瓢泉闲居之时。作者有感于李广的遭遇和自己的处境，不禁牢骚满腹，因作此词。上片选取李广一生中最富传奇色彩的经历，与“为人在下中”的李蔡作强烈对比，讽刺汉代统治者用人不当。为李广不平，也是为自己不平；讥刺庸才李蔡拜相封侯，也是讥刺南宋当权者实乃庸才。下片说自己隐居力田已很有成绩，倘若朝廷要奖励力田，则非我莫属。暗示西汉那种赏罚颠倒的历史现象，在宋代又正重演着。满腔悲愤以谐谑之语出之，更显得南宋朝廷的昏庸。通篇用对比法，上片用李广与李蔡对比，是正面说汉代用人不当；下片用自己仕宦与力田的经历作对比，仕宦不得重用，力田却可能得到荐举，是从反面说南宋用人不当。末句“舍我其谁也”，用孟子语而反其意。孟子自负的是“平治天下”，“舍我其谁也”。作者故作自负的是种田盖屋，舍我其谁也。讽刺意味更加强烈，胸中垒块似欲喷吐而出。

千古李将军[2]，夺得胡儿马[3]。李蔡为人在下中，却是封侯者[4]。　　芸草去陈根[5]，笕竹添新瓦[6]。万一朝家举力田[7]，舍我其谁也[8]。

【注释】

① 漫兴：即兴而作。作者以《卜算子》词牌写作《漫兴三首》，此为其中一首。② “千古”句：意谓李将军勋业流传千古。李将军：即西汉名将李广。智谋勇力均为三军之冠，与匈奴军队大小七十余战，屡建奇功，却不得封侯，反被逼自杀。事迹详《史记》、《汉书》的李广传记。③ 夺得胡儿马：《史记·李将军列传》记载：李广出雁门关抗击匈奴，因寡不敌众，被俘，受伤生病，匈奴骑兵用网兜着他，放置在两马之间。他见旁边一个匈奴人骑着一匹好马，于是突然跃上，将那人推下马去，并夺得他的弓箭，驱马南驰数十里，将溃散的军队又聚集起来。④ “李蔡”二句：李蔡，李广的堂弟。为人在下中，人品才干都很低下，只配列入下中等。封侯者：被封侯的人。李蔡后来位至丞相，得封列侯。⑤ 芸草：锄草。芸同“耘”。陈根：老根。⑥ 笕(jiǎn)竹：剖开竹筒，加工成瓦状。⑦ 朝家：朝廷。举力田：荐举孝弟(孝顺父母，友爱兄弟)力田(努力耕作)的人。孝弟力田是汉代察举(选拔人才)的科目之一，被举者可得奖励并免除徭役。⑧ “舍我”句：非我莫属的意思。语出《孟子·公孙丑下》：“如欲平治天下，当今之世，舍我其谁也。”

【翻译】

千古扬名的李将军，

战斗中夺得匈奴的战马。
李蔡的人品才干都极平常，
却被封侯拜相，这多么不像话！

我在田里锄草，把老根挖扒，
剖开竹筒，刮制成新的竹瓦。
万一朝廷要奖励努力耕作的人，
除我之外还能选中谁呀！

粉　蝶　儿

和赵晋臣敷文赋落梅①

这是一首落花词，描绘春景，抒写春愁，作年莫考。上片写春穠时节，百花繁茂，春光造就百花，就如小女孩儿绣花一样，把一枝枝花朵都绣得很丰满，但春光转眼即逝，一下子便风雨成阵，落红满地，一片零落。下片写送春，说春光似荡子轻薄，不肯久留，因而作者联想到年年送春都留下怅恨与清愁，今年花儿又落，又到送春时候，想必清愁早已如约而来，在杨柳岸边等候，以便与作者相伴了。通篇用拟人化写法，写春光时如十三女儿学绣，时如轻薄荡子难留，而清愁又似老朋友年年相伴，构想都不落俗套。语言则纯用白话，虽通俗而柔婉清新，音节也自然宛转，表现出辛词婉约的一面。

昨日春如，十三女儿学绣，一枝枝、不教花瘦②。甚无情，便下得，雨僝风僽③，向园林，铺作地衣红绉④。　　而今春似，轻薄荡子难久。记前时、送春归后[⑤]，把春波，都酿作一江醇酎[⑥]，约清愁，杨柳岸边相候。

【注释】

① 赵晋臣：即赵不迂，字晋臣，绍兴二十四年(1154)进士，时寓居上饶。敷文：赵晋臣官至直敷文阁学士，故称敷文。② 不教花瘦：指春盛之时花儿丰满艳丽，好像春光不让它们瘦削似地。③ 甚无情：真无情。甚：真，怎。下得：忍得。雨僝(chán)风僽(zhòu)：风雨相折磨。④ 地衣红绉：形容落花满地，地面上好像铺了一层起皱的红地毯。⑤ 前时：以前，这里指过去每年送春的时节。⑥ 醇酎(chún zhòu)：酿过两道的酒，这里泛指醇酒。

【翻译】

昨天的春光还是那样明媚烂漫，
如同十三岁的女孩儿绣花赏玩，
绣出的一枝枝花朵都那样丰满娇艳。
转眼间便无情无义，
忍心让狂风骤雨将花儿折磨摧残，
落花满园，像铺上了红色的花毯。

如今的春光却似轻薄的荡子，
无情地离我而去不肯稍稍迟缓。
记得去年此时也曾送春归去，
把一江春水都酿作醇酒也难解愁烦。
料想今年送别春光，清愁便会如约而至，
一定在杨柳岸边等着我一起回返。

贺 新 郎

别茂嘉十二弟。鹈鴂、杜鹃实两种，见《离骚补注》[1]。

这是一首别开生面的送别词，约作于瓢泉闲居期间。借送别之事抒发家国兴亡之感。先以春归时节三种啼鸟悲切凄厉的鸣声起兴，衬托离愁别恨。接着一一写出昭君、戴妫二位薄命女子和李陵、荆轲两位失败英雄去国辞家的悲恨，寄寓家国兴亡之痛。结尾又遥应篇首，说啼鸟若知人间离别之苦，将会啼血不止，实际上也是说自己对于国土残破、故乡难返也会清泪不止。末二句才牵回本题，点出送别茂嘉之意。作者如此着笔并非只是感怀古事，而是着眼于当前，慨叹国破家亡、骨肉分离的历史悲剧正在重演，委婉地谴责了南宋朝廷的苟安政策。此词在写法上颇具特色，上下片一气贯通，没有转换，畅酣淋漓，奔泻而出。末二句才牵出本题。词中列陈典型的千古别恨，看似与送茂嘉赴任毫无关涉，实际上却有内在联系，是因为作者由送别亲人而推己及人、忧虑国事，长期郁结于中的悲愤不能自已，故所写离情别恨不囿于亲情，便是十分自然贴切的了。

绿树听鹈鴂。更那堪、鹧鸪声住，杜鹃声切②。啼到春归无寻处，苦恨芳菲都歇③。算未抵、人间离别④：马上琵琶关塞黑⑤，更长门、翠辇辞金阙⑥；看燕燕，送归妾⑦。　　将军百战身名裂⑧，向河梁回头万里，故人长绝⑨；易水萧萧西风冷，满座衣冠似雪⑩。正壮士、悲歌未彻⑪。啼鸟还知如许恨⑫，料不啼、清泪长啼血⑬。谁共我，醉明月⑭！

【注释】

① 茂嘉十二弟：茂嘉，辛弃疾族弟，生平不详，时因事贬官桂林。唐宋时同一曾祖父的叔伯兄弟按年纪排列次序，茂嘉排行为十二。《离骚补注》：宋洪兴祖著。② 绿树三句：说鹈鴂、鹧鸪、杜鹃三种鸟儿悲苦的鸣声不歇，使人不忍卒听。鹈鴂：鸟名，即伯劳，鸣声悲切。那堪：哪里忍受得了。鹧鸪：鸟名，俗传鸣声如“行不得也哥哥”。杜鹃：鸟名，鸣声似“不如归去”，俗传为蜀帝杜宇所化，因口边有血红色斑点，俗传鸣叫声直啼至口中出血方罢。③ “啼到”二句：意思是，三种鸟儿直啼到春已归去，极恨百花凋残。苦恨：恨到极点。《广韵》说：“鹈鴂……春分鸣则众芳生，秋分鸣则众芳歇。”芳菲都歇：百花凋残。④ “算未抵”句：意思是，上述鸟啼春归的苦恼远抵不上人间生离死别之苦。⑤ “马上”句：用王昭君（即王明君）出嫁匈奴事。昭君名嫱，汉元帝宫女，后被元帝遣嫁匈奴呼韩邪单于为阏氏（王后）。此前，汉武帝曾选江都王女为江都公主，楚王孙女为解忧公主，先后遣嫁乌孙王，遣嫁时命乐工于马上弹琵琶，以慰公主道路之思。后人以为王昭君嫁匈奴时亦

必有马上弹琵琶事。⑥“更长门”句：长门：宫名，汉武帝皇后陈阿娇失宠后居长门宫。后世遂以长门指代失宠妃嫔的居所。王昭君未能亲近皇帝，亦为受冷落的宫人，故以长门代她的住所。翠辇：装饰着翠羽的宫车。金阙：皇帝的宫殿。⑦“看燕燕”二句：《诗经·邶风·燕燕》云：“燕燕于飞，差池其羽。之子于归，远送于野。瞻望弗及，涕泣如雨。”诗序说：“《燕燕》，卫庄姜送归妾也。”归妾指戴妫，卫庄公之妻庄姜无子，将庄公之妾戴妫的儿子名完的养为己子，庄公死，公子完继位，不久被州吁杀死，戴妫因亲子被杀，自己在卫国无法立足，只好回陈国娘家去，庄姜送她到野外，作《燕燕》诗而别。⑧“将军”句：汉武帝时，李陵屡与匈奴战，一次，遇匈奴大军，李陵率部死战，“矢尽道穷，救兵不至，士卒死伤如积”（司马迁《报任安书》）。最后投降匈奴，毁掉了名声，故说身名裂。⑨“向河梁”二句：汉武帝时，苏武出使匈奴被扣留达十九年，不屈，后得放还。李陵送苏武归汉时置酒作别说：“异域之人，一别长绝。”又旧题李陵《与苏武诗》云：“携手上河梁，游子暮何之？”向：临。河梁：桥，这里泛指送别之所。故人：指苏武。这二句说，李陵送别苏武到河梁，回头遥望渐渐远去的老朋友，意识到将要永远分别，相隔万里了。⑩“易水”二句：《史记·刺客列传》载，战国时燕太子丹求刺客荆轲入秦刺杀秦王，临行时太子及宾客都著白衣冠到易水边上送他，高渐离击筑，荆轲和而歌，歌曰：“风萧萧兮易水寒，壮士一去兮不复还。”易水：在今河北省西部。萧萧：风声。⑪ 壮士：指荆轲。未彻：没有结束。⑫ 还：若，如果。如许恨：指上述“人间离别”的恨事。⑬ 长啼血：指杜鹃啼血事，与开篇三句照应。⑭“谁共”二句：意思是，以后还有谁同我在月光下一起饮酒呢。

【翻译】

绿树丛中听那声声哀鸣的鹈鴂。
哪能忍受鹧鸪的啼声刚刚止歇，
杜鹃的悲啼又正凄切。
它们直啼到春已归去、难寻踪影，
可恨百花在鹈鴂哀鸣中都已凋谢。
算来这些怅恨都抵不上人间离别。
想当初王昭君在马上弹着琵琶，
道路凄凉，远处的关隘一片昏黑。
她回想当初乘车离开自己的住处，
辞别汉家宫阙时真令人伤心悲咽。
一双小燕儿在郊野飞翔，
那是庄姜正送别孤身去国的归妾。

李陵身经百战，却落得身败名裂。
他与苏武也曾在河梁分别，
回头远望故人渐行渐远的身影，
从此相隔万里，友谊永远断绝。
萧萧西风凛冽，滔滔易水轻寒，
送别荆轲的人们衣冠如同霜雪。
壮士慷慨悲歌余音缭绕，
河边满座送客都已呜咽伤嗟。
啼鸟若知人间离别有这多苦恨，

想必将不流清泪而长啼碧血。
你走后谁能携酒替我浇愁，
在明亮的月光下共醉长夜？

永　遇　乐

戏赋辛字，送茂嘉十二弟赴调①。

这首词作于闲居铅山瓢泉时。此词为送别之作，因所送之人为自己的族弟，作者一反送别词的常调，另辟蹊径，以“戏赋辛字”为主干，阐扬辛氏的家风，并勉励族弟承继家风做正直刚烈的人，表明自己不同流俗的家世和性格。上片从“千载家谱”写起，主要“赋辛字”。开头用“烈日秋霜，忠肝义胆”提携全篇，概括了辛家世世代代具有的忠烈品格，行文中充满了自豪感。接着在“辛”字上大作文章：它由艰辛作成，含悲辛滋味，充满辛酸、辛苦。又如椒桂一样辛辣。这不是游戏之言，实际在诉说辛氏一家为国家利益经受了种种痛苦，以及自己壮志难酬的满腹牢骚。下片继续抒发感慨。首先写世上的一切荣华富贵与辛家无缘，又以讽笔嘲蔑那些腰挂金印的势利小人，表明了作者对追求名利的唾弃和对清廉家风的褒扬。结语转到送别题旨并绾合“戏”字，勉励兄弟以国事为重，不要以手足之情为怀。本词语言诙谐，寓庄于谐，用戏语写家世，勉家人，戏而不俗，浅而能深。篇中以叙述、议论为主，表现出明显的以文为词、以议论为词的特征。

烈日秋霜，忠肝义胆，千载家谱②。得姓何年，细参辛字③，一笑君听取：艰辛作就，悲辛滋味，总是辛酸辛苦。更十分、向人辛辣，椒桂捣残堪吐④。　世间应有，芳甘浓美⑤，不到吾家门户。比着儿曹，累累却有，金印光垂组⑥。付君此事，从今直上，休忆对床风雨⑦。但赢得、靴纹绉面，记余戏语⑧。

【注释】

① 茂嘉十二弟：见前篇《贺新郎》(绿树听鹈鴂)注。赴调：调职赴任。② “烈日”三句：意思是辛家的家谱上记载着世世代代具有刚烈正直的品德，并对朝廷忠心耿耿。烈日秋霜：喻刚烈、正直、贞洁。③ 细参：仔细品味。④ “更十分”二句：意思是人们听到“辛”字，就感到十分辛辣，像吃了捣碎的胡椒肉桂要立即吐出来。化用苏轼《再和曾布〈从驾〉》诗句：“捣残椒桂有余辛。”椒桂：胡椒、肉桂，味辛辣。⑤ 芳甘浓美：香甜浓美，比喻荣华富贵。⑥ “比着”三句：意思是比不上那些善钻营的小子们，挂着金印不断地作大官。比着：此为反语，比不上。儿曹：小子们。这里是对富家子弟的鄙称。累累：接连不断。垂：挂。组：系官印的带子，此代指金印。⑦ “付君”三句：意思是如今你到桂林任职，愿你从此青云直上，不要以兄弟情谊为念。付：托

付。此事：指到桂林任官一事。对床风雨：唐代诗人韦应物《与元常全真二生》诗云："宁知风雨夜，复此对床眠。"苏轼、苏辙兄弟互相约定，早日退隐，一起来倾听夜晚风雨。后人常用"对床夜雨"表示兄弟间深厚的情谊。⑧ 靴纹绉面：欧阳修《归田录》载，北宋田元均在三司使任职时，许多权贵子弟和亲友靠关系托他办事，他虽心中厌恶，但又要露出笑脸，所以对人说："作三司使数年，强笑多矣，直笑得面似靴皮。"这里用这个典故说辛茂嘉此去，由于官场的烦劳，面容会变得像靴皮一样衰皱。戏语：玩笑话。

【翻译】

辛家人世代都有一副义胆忠肠，
刚烈正直就像那烈日秋霜。
我们的祖上从何年何月得此"辛"姓，
请你一笑听之：让我把它的含义仔细揣量。
它由艰辛做成，悲辛滋味早已饱尝，
辛酸辛苦，种种苦涩都在其中含藏。
人们听到它就感到十分辛辣，
像吃了捣碎的胡椒肉桂要立即吐光。

世上的荣华富贵，浓美甜香，
从未到过咱辛家清俭的客堂。
比不上那些善于钻营的富家小子，
腰间挂着金印金光闪亮。
愿你桂林此行能青云直上，

不要让兄弟情谊把你影响。

此去你容颜会变得衰皱如靴纹一样，

请记住我的一番戏语衷肠。

水 龙 吟

这首词约作于晚年隐居铅山瓢泉期间。作者对晋代大诗人陶渊明的仰慕之情在不少词中都有表露，而以此首最有代表性。词中歌颂了陶渊明的高风亮节，同时也表白了自己的理想和志向。起笔“老来曾识”四字体悟深刻，说明只有历尽人间沧桑，饱尝忧患之后，才能真正认识渊明，下面对陶渊明的认识都基于此：他不为五斗米折腰的傲岸品德为作者与世人所景仰，而“北窗高卧”、“东篱自醉”，种种貌似旷达闲适的行为并不完全说明他整日飘飘然，此中应别有深意，这深意便是对现实不满，没有忘却国家世事。作者只有经历了前半生的坎坷，而至今济世之心未退，才能对渊明有如此深入的认识和理解。过片“须信此翁未死”二句，将陶渊明凛然如生的形象鲜明可感地树立在读者面前，其中含着作者对这位先哲的深深敬仰与怀念。“吾侪心事”三句，则由敬仰思念引为心心相印的知音，使上片叙写的认识升华为精神上的知己。结尾处连用两个谢安的典故，将归隐的渊明与虽隐退但也许日后会出仕的自己联系在一起，共同的思想基础便是鄙视荣华富贵，关心国家和百姓的命运。本词将叙述、抒情、议论紧密结合，语言朴实厚重，又另是一类手笔。

老来曾识渊明，梦中一见参差是①。觉来幽恨②，停觞不御③，欲歌还止。白发西风，折腰五斗，不应堪此④。问北窗高卧⑤，东篱自醉⑥，应别有，归来意⑦。　　须信此翁未死，到如今凛然生气⑧。吾侪心事，古今长在，高山流水⑨。富贵他年，直饶未免，也应无味⑩。甚东山何事，当时也道，为苍生起⑪。

【注释】

① 渊明：晋代大诗人陶潜，字渊明，以田园诗著称，中岁以后归隐田园不仕，其诗作、人格为历代文人所仰慕。参差（cēn cī）：好像，仿佛。② 觉来：醒来。③ 觞：酒杯。御：进，用，这里引申为饮。④“白发”三句：意思是陶渊明不堪忍受为五斗米折腰，宁肯白发西风，归隐田园。折腰五斗：陶渊明四十一岁任彭泽令，一天，督邮来郡，县吏让他整冠束带见之，陶渊明说：“我岂能为五斗米折腰向乡里小儿！”愤然辞官而去，从此再未出仕。（见《宋书·陶潜传》）五斗：五斗米，指微薄的俸禄。堪：忍受。⑤ 北窗高卧：陶渊明在《与子俨等疏》中云：“常五六月中，北窗下卧，遇凉风暂至，自谓羲皇上人（上古之人）。”⑥ 东篱自醉：陶

渊明《饮酒》诗有"采菊东篱下，悠然见南山"句。此句与"北窗高卧"都是形容悠闲自得的生活状况。⑦"应别有"二句：意思是上述的悠闲只是表面现象，陶渊明的归隐还另有深意。⑧凛然：严肃、令人生畏的样子。⑨"吾侪"三句：意思是我和陶渊明虽然相隔年代久远，却是异代知音。吾侪(chái)：我辈、我们。高山流水：春秋时，俞伯牙善鼓琴，钟子期深解其中"志在高山"、"志在流水"的情感。(见《吕氏春秋·本味》)后人用高山流水喻知音。⑩"富贵"三句：意思是即使以后做官富贵了，也应感到没有味道。《世说新语·排调篇》载：谢安未出仕前，弟兄中有的富贵了，倾动乡里，刘夫人和他开玩笑说："大丈夫不当如此乎？"谢安不屑地说："当恐不免耳。"直饶：即使。⑪"甚东山"三句：意思是谢安当年为什么东山再起，人们都说他是为了老百姓才出来做官的。《世说新语·排调篇》载：谢安隐居东山，朝廷几次下诏他都不肯出来作官，人们议论说："安石不能出，将如苍生何？"(谢安不肯出山，老百姓怎么办？)这里用此典说明自己即使以后再出来做官，也是为了老百姓。东山：此指谢安。何事：为什么。苍生：老百姓。

【翻译】

到老才认识了陶渊明，
梦中见到的仿佛是他的身影。
一觉醒来觉得满腔幽恨，
放下酒杯，想唱支歌，开口又停。
我佩服你白发归隐面对西风，
不堪忍受五斗米折腰宁愿归耕。

夏天在北窗前高卧乘凉，
秋天在东篱旁自醉自醒。
你的归隐有更深的意义含在其中，
绝不仅只是逸致闲情。

我深信这位先哲并未死去，
到今天仍是一身正气，凛然如生。
我们虽相隔古今却心事相同，
志在高山流水有知音。
即使今后我难免出来做官，
但荣华富贵已无味可品。
为什么隐居东山的谢安又要出仕？
人们都说这是为了世上苍生。

汉 宫 春

会稽蓬莱阁观雨①

此词作于宁宗嘉泰三年(1203)秋,时作者已六十四岁,重被起用知绍兴府兼浙东安抚使。上片写景抒情,描述了"乱云急雨,倒立江湖"的壮观景象、磅礴气势,以及风过雨收,云散月明的急剧变化。虽为描绘阁上所见实景,亦隐喻政局严峻而变幻莫测。下片追怀苦身戮力,兴复灭国,功成身退,泛舟五湖的范蠡和忍辱负重,为国献身的西施,感叹吴越兴亡的历史。"至今故国人望,一舸归欤",写出了国人盼望范蠡、西施这样的人物重生,发奋图强,报仇雪耻。其实也是作者的自勉自比,希望朝廷振作精神,重用抗战志士。情调较为乐观,反映了作者在重被起用之后对刷新朝廷政局的期待。结尾又以设问的形式,一方面否定了岁晚当及时行乐的生活态度;另一方面也对王谢等风流人物须臾之间已成为历史陈迹的现象表示感伤,反映出作者对建功复国的宿愿能否实现的忧虑。

秦望山头[2]，看乱云急雨，倒立江湖[3]。不知云者为雨，雨者云乎[4]？长空万里，被西风、变灭须臾[5]。回首听、月明天籁[6]，人间万窍号呼[7]！　　谁向若耶溪上[8]，倩美人西去，麋鹿姑苏[9]？至今故国人望，一舸归欤[10]。岁云暮矣[11]，问何不、鼓瑟吹竽[12]？君不见、王亭谢馆[13]，冷烟寒树啼乌[14]。

【注释】

① 会(kuài)稽:今浙江绍兴市。蓬莱阁:在会稽卧龙山下,吴越王钱镠始建,南宋淳熙元年(1174)重修。此词题目原作“会稽蓬莱阁怀古”。作者另有一首《汉宫春》(亭上秋风)题作“会稽秋风亭观雨”。唐圭璋先生谓“秋风亭观雨”词中无观雨事,而“蓬莱阁怀古”上片正写雨中景象,词题“观雨”与“怀古”当系颠倒错简,词题应分别作“蓬莱阁观雨”与“秋风亭怀古”,今据以订正。② 秦望山:在会稽东南四十里,秦始皇曾登此山以望东海,故名秦望山。③ 倒立江湖:形容风雨狂暴,似江湖倒立,大水喷涌而下。④“不知”二句:《庄子·天运篇》云:“云者为雨乎?雨者为云乎?”原意是说天道有常,自然界万物各自运行,云层不是为了下雨,降雨也不是为了云层。这里是说因为乌云翻滚,暴雨倾泻,一时竟分不出哪片是云,哪片是雨。⑤“长空”二句:意思是,一霎时被西风吹散云雨,变成万里晴空。须臾(yú):霎那之间,立刻。⑥ 天籁(lài):大自然的声响,这里指风声。此句意谓,明月高挂,大风呼啸。⑦“人间”句:意谓大地上万种洞穴在长风激荡下发出巨大声响。窍:洞穴。⑧ 若耶溪:在会稽南二十五里,北流与

镜湖会合。相传为西施浣纱之处。⑨“倩(qiàn)美人”二句:意思是,范蠡请美女西施西行至吴,迷惑吴王,终于灭了吴国。传说春秋时越国为吴国所败,越国大夫范蠡于若耶溪畔觅得美女西施,越王勾践进西施于吴王夫差,夫差宠爱西施,为她筑姑苏台,游宴其上,荒废朝政,吴国终被越国所灭。倩:请求。美人:指西施。西去:西施自会稽至吴(今江苏苏州)乃向西行。麋鹿姑苏:使姑苏台成为麋鹿出没的荒僻之地,代指吴国灭亡。《史记·淮南王安传》引:(伍)子胥谏吴王,吴王不用,(子胥)乃曰:“臣今见麋鹿游姑苏之台也。”⑩“至今”二句:意思是,至今范蠡、西施家乡的人们还盼望着他们二人乘船归来。故国:指西施的故乡亦即越国国都会稽。舸(gě):大船。传说越灭吴之后,范蠡携西施隐居,泛舟五湖之上。⑪ 岁云暮矣:一年已经将尽了。岁:年。云:语助词。此句亦暗指人已到老年。⑫ 鼓瑟吹竽:弹瑟吹笙。竽:大笙,管乐器。《诗经·小雅·鹿鸣》有“我有嘉宾,鼓瑟吹笙”句。⑬ 王亭:东晋王羲之等人曾在会稽兰亭集会,吟诗饮酒。谢馆:东晋宰相谢安曾在会稽东山闲居,筑有别墅。这里泛指东晋豪门王、谢家族的子弟宴乐之所。⑭“冷烟”句:冷清的烟雾笼罩着枯树,乌鸦在悲凉地啼叫,形容萧条冷落。

【翻译】

我在蓬莱阁向秦望山远眺,
只见急雨滂沱,乌云翻滚,
恰如江湖倒立,天水狂奔。
无法分辨哪里是雨,哪里是云。

霎时间西风横吹，阴晴变幻，
万里晴空又不见一丝云痕。
回首倾听明月星夜天籁长鸣，
人间万千洞穴的呼号似山崩雷震！

是谁在若耶溪畔请来美人，
让她西去吴地肩起复国重任。
吴王沉迷酒色终于国破身死，
姑苏台麋鹿出没空留遗恨。
至今她故乡的人们仍在盼望，
浪里扁舟将送来西施和范生。
岁月如流转眼已到年底，
人问我何不及时行乐鼓瑟吹笙？
我却说，难道你没看见吗，
往日王亭谢馆的悠闲生活多安稳，
而今只剩凋残的树木，寒烟清冷，
孤寂的乌鸦仍在呼唤着离魂。

汉 宫 春

会稽秋风亭怀古[1]

这是一首怀古词，作于嘉泰三年(1203)深秋，时作者在知绍兴府兼浙东安抚使任上。上片由眼前秋风起兴，感叹风景不殊，山河已改，又以团扇见疏寓身世之感，最后以难寻大禹遗迹来慨叹南宋政权不能发奋图强，只知忍辱苟安。下片歌颂建立过丰功伟业的汉武帝，希望南宋政权能像汉武帝那样使国家强盛起来，又为国家终于没有出现武帝那样雄才大略的人物而愁苦，末尾以友人劝他辞官归隐，而他却专心读《太史公书》结束全篇，表示自己仍要关心国事，以古史为鉴，在仕途上再试作一番努力。词中用典颇多，但紧扣秋风和会稽，便极自然而不觉堆砌。

亭上秋风，记去年嫋嫋，曾到吾庐[2]。山河举目虽异，风景非殊[3]。功成者去[4]，觉团扇、便与人疏[5]。吹不断、斜阳依旧，茫茫禹迹都无[6]。　千古茂陵词

在[7]，甚风流章句，解拟相如[8]。只今木落江冷，眇眇愁余[9]。故人书报："莫因循、忘却莼鲈[10]。"谁念我、新凉灯火，一编太史公书[11]。

【注释】

① 秋风亭：辛弃疾知绍兴府时所建。本篇词题原作"会稽秋风亭观雨"，据唐圭璋先生考证改订，详见上篇《汉宫春》(秦望山头)词题注释。② "亭上"三句：意思是，吹到这亭上的秋风，去年也曾吹到过我在瓢泉居住的小庐。去年：作此词的前一年秋天，作者尚在铅山瓢泉，故有此说。嫋嫋(niǎo)：微风轻拂的样子。《楚辞·九歌·湘夫人》："嫋嫋兮秋风，洞庭波兮木叶下。"③ "山河"二句：意谓在亭上举目四顾，这里的山河虽与家乡不同，但秋色却没有什么区别。《世说新语·言语篇》载，南渡的东晋士大夫常在风和日丽之时到新亭聚饮，周顗在酒筵上感叹说："风景不殊，正自有河山之异。"大家听了都相视流泪。作者用此典抒发怀念北方故土和渴望收复失地的心情。④ 功成者去：《战国策·秦策》载，蔡泽对应侯(范雎)说："四时之序，成功者去。"意思是说四季按顺序运行变换，一个季节过完之后就会自动离去。⑤ "团扇"句：《汉书·外戚传》载班婕妤《怨歌行》云："新裂齐纨素，皎皎如霜雪。裁为合欢扇，团团似明月。出入君怀袖，动摇微风发。常恐秋节至，凉风夺炎热。弃捐箧笥中，恩情中道绝。"以入秋之后团扇被弃不用喻君恩无常。作者这里亦用此意，说时序已到深秋，团扇便用不着了，隐喻自己屡被罢黜，寄托身世之感。⑥ "吹不断"二句：意谓秋风不断，斜阳依旧，大禹的遗迹

却一点也找不到了。传说大禹曾因治水到会稽，会集诸部落领袖论功行赏，死葬会稽，是传说中有作为的君主。作者言外之意是说南宋朝廷缺少大禹这样艰苦创业的英雄，国家前途可忧。⑦ 茂陵词在：指汉武帝《秋风辞》："秋风起兮白云飞，草木黄落兮雁南归。兰有秀兮菊有芳，怀佳人兮不能忘。泛楼船兮济汾河，横中流兮扬素波。箫鼓鸣兮发棹歌，欢乐极兮哀情多。少壮几时兮奈老何。"茂陵：汉武帝的陵墓，代指武帝。作者因秋风而联想到《秋风辞》。⑧ "甚风流"二句：意谓武帝的《秋风辞》能与司马相如赋比美。甚：诚，真。风流章句：有风致韵味的诗篇。古代诗歌一节称一章。解拟：能比拟。相如：司马相如，西汉著名文学家，所作词赋弘丽温雅。⑨ "只今"二句：现在已到深秋，但像汉武帝那样的人物却寻找不见，令我十分愁苦。木落江冷，唐人崔信明有"枫落吴江冷"警句。眇眇愁余：屈原《九歌·湘夫人》："帝子降兮北渚，目眇眇兮愁余。"眇眇：向远处凝视的样子。⑩ 因循：守旧而不知改变。莼鲈：莼菜羹、鲈鱼脍，均为江南美味。晋张翰在洛阳为官，见秋风起，因思吴中莼羹鲈脍，便辞官归隐。此句是说友朋写信劝他不要迷恋仕途不知急流勇退，而应归隐闲居。⑪ 一编：一部。太史公书：即司马迁所著《史记》。此句言自己戒鉴古史，不忘国难，尚有壮志。

【翻译】

萧瑟秋风轻轻吹过亭上，
记得去年它也曾到过我在瓢泉的草庐。
举目远眺，河山虽与家乡不同，

美丽动人的秋色却没有什么悬殊。
炎热的夏季已经完成使命自动离去，
便觉得团扇渐渐同人生疏。
秋风连连吹送，斜阳依然如故，
辛苦整治山河的大禹却踪迹都无。

汉武帝的《秋风辞》传诵千古，
那弘丽温雅的风韵真像司马相如。
而今树木早已凋零，
清冷的江水泛着微波。
我极目向远处眺望，
不见英雄的踪影使我万分愁苦。
友人写来书信将我劝告：
“不要贪恋官位而忘记家乡的莼鲈！”
却有谁知道我在深秋的夜晚，
还在灯光下攻读《太史公书》。

永 遇 乐

京口北固亭怀古①

此词作于宁宗开禧元年(1205),时作者被韩侂胄起用知镇江府,登北固亭感怀而作。上片赞扬以京口和东南为凭建立过霸业的孙权和率军北伐、战胜过侵扰中原的鲜卑贵族的刘裕,表示要像刘裕那样金戈铁马、气吞万里,为恢复中原做出贡献。下片提醒南宋朝廷以刘宋王朝元嘉北伐惨败为戒,不要草率出征,而要慎选将领,做好充分准备,以求一战成功。最后以廉颇自比,表示年纪虽老,但壮心不已,希望宋室能进用抗金人才。当时作者已六十六岁高龄,但爱国情怀不减当年,在镇江府任上积极备战,曾造战袍万领以备急用,又派人深入敌后侦察敌情,了解敌军将帅姓名、兵员数量,布防地形、军需贮地,为北伐作准备。本篇正反映了他的爱国激情及坚决主张北伐而又反对轻易用兵的积极慎重态度。此词用典虽多,但圆转流利,一气奔注,显得贴切自然,无粘滞生涩之病。

千古江山，英雄无觅、孙仲谋处②。舞榭歌台③，风流总被、雨打风吹去④。斜阳草树⑤，寻常巷陌⑥，人道寄奴曾住⑦。想当年，金戈铁马⑧，气吞万里如虎⑨。　　元嘉草草⑩，封狼居胥⑪，赢得仓皇北顾⑫。四十三年，望中犹记，烽火扬州路⑬。可堪回首，佛狸祠下⑭，一片神鸦社鼓⑮。凭谁问：廉颇老矣，尚能饭否⑯？

【注释】

① 京口：今江苏镇江市。北固亭：在镇江城北北固山上，下临长江，三面滨水，形势险固。晋朝蔡谟在山上筑楼，谢安又修葺之，名北固楼，又名北固亭。②“千古”三句：意思是壮丽的江山是千古永存的，但像孙权那样的英雄人物却无处寻觅了。孙仲谋：即孙权，字仲谋，三国时称帝建立吴国。他在称帝前曾以京口为首府，称京城，迁都建业（今南京市）后，将京城改名京口镇，所以作者从孙权说起。③ 舞榭歌台：歌舞用的楼台。榭：建在高楼上的房屋。这里借指当年的繁盛景象。④ 风流：遗风，这里指英雄人物的流风余韵。上二句说，当年京口的繁华景象和孙权那样的英雄业绩都消逝了。⑤ 斜阳草树：斜阳映照在杂生着野草树木的荒僻之地。⑥ 寻常巷陌：普通街巷。⑦ 寄奴：南朝宋武帝刘裕的小名，刘裕生长在京口，并从京口起兵平定了东晋桓玄的叛乱，又统一江南，曾两次北伐，灭南燕、后秦，后废晋自立，建立了刘宋王朝。以上三句说，人们还怀念着统一江南、坚决北伐的刘裕那样的英雄，连他们住过的普通街巷，后人也饶有兴味地指说着。⑧ 金戈：

锐利的兵器。铁马:披着铠甲的战马。⑨"气吞"句:形容刘裕北伐时的英雄气概和壮盛军威。⑩元嘉:南朝宋文帝刘义隆(刘裕之子)的年号。草草:草率,马虎。⑪封:在山上筑坛祭天。狼居胥:山名,即狼山,在今内蒙古自治区。汉代大将霍去病击溃匈奴,曾封狼居胥山,见《史记·霍去病传》。宋文帝欲北伐,大将王玄谟为他陈说用兵策略,文帝很高兴,对人说:"闻玄谟陈说,使人有封狼居胥意(即有北伐立功的念头)。"见《宋书·王玄谟传》。⑫"赢得"句:元嘉二十七年(450年),宋文帝命王玄谟率兵北伐后魏(北魏),但王玄谟只会纸上谈兵,结果大败而回。赢得:落得。仓皇北顾:回头北望追来的敌军而惊惶失色。⑬"四十三年"三句:这三句意思是,我南归已四十三年了,但在北固亭遥望江北,仍清晰地记得当年在烽火漫天的扬州一带与金兵激战的情景。四十三年:辛弃疾于绍兴三十二年(1162)率众生擒叛将张安国,冲出金兵包围南归宋朝,至开禧元年(1205)出守京口,间隔四十三年。扬州路:指扬州一带地区。⑭佛狸祠:后魏太武帝拓跋焘的庙。拓跋焘小名佛狸,刘宋元嘉二十七年,拓跋焘击败刘宋北伐军,曾乘胜追击到长江北岸瓜步山(在今江苏六合东南),在山上建行宫,即佛狸祠。作者这里以佛狸南侵喻金主亮南侵事。⑮神鸦社鼓:乌鸦的叫声与祭社的鼓声响成一片。神鸦:神庙里啄食祭品的乌鸦。社鼓:社日祭神时敲击的鼓声。上三句说,抗金的往事不堪回首,如今人们竟在佛狸祠下击鼓祭神,一片喧闹,忘了抗战的大事了。作者以佛狸喻金兵,在佛狸祠祭神,乃敌我不分,习于苟安,渐忘国耻,故作者感慨良深。⑯"凭谁问"三句:廉颇:战国时赵国大将，被人陷害，出奔魏。秦国攻赵，赵王想起用廉颇，派使者去看他。廉颇在使者面前一顿吃了一斗米饭、十斤肉，又披甲上马，以示尚可为国征战。但使者受人贿赂，回来对赵王说："廉将军虽老，还很能吃饭，但一会儿功夫，就拉了几次屎。"赵王以为廉颇老迈无用，遂不再起用他。这三句的言外之意是，我虽然老了，仍像廉颇一样壮心不已，可是有谁会关心重视我呢？

【翻译】

千古以来美丽的江山芳颜永驻，
孙权那样的英雄却难找到他的去处。
歌舞升平的繁华景象已不再存在，
英雄们的遗风也在雨打风吹中消除。
残阳映照着丛生的杂树荒草，
人们仍在夸赞着刘裕的功业建树，
说他当年曾在这些普通街巷中居住。
回想那时他的部队军威雄壮，
气吞万里恰似下山的猛虎。

宋文帝草率北伐一心想封狼居胥，
到头来落得大败而回仓皇北顾。
北望中原方才惊觉已过了四十三年，
至今仍记得烽火遍地的扬州征途。
往年的峥嵘岁月岂堪回首，
如今佛狸祠前居然一片喧闹忙碌：
乌鸦啄食着祭神的供品，

天空响彻祭社的钟鼓。

人们已习于苟安，还会有谁来动问：

廉颇已老，尚能饭否？

南 乡 子

登京口北固亭有怀[1]

宋宁宗开禧元年(1205),辛弃疾知镇江府事,登北固亭远眺,即景抒情,写下了这首著名的词作。上片写远望中原故土,使人思念不已,眼前风景依旧,但中原大好河山已沦入金人之手。寄托着作者深沉的感慨。下片赞叹孙权,歌颂他不肯屈服于强敌,坚持与曹操、刘备抗争且取得胜利的顽强战斗精神。表面上怀古,实则借古讽今,用孙权的英武与南宋朝廷的妥协苟安对比,也暗讽了南宋最高统治者。通篇以问答形式出现,活泼生动。化用杜甫诗及曹操的话语也自然贴切,不露痕迹。

何处望神州[2]? 满眼风光北固楼[3]。 千古兴亡多少事,悠悠。 不尽长江滚滚流[4]。 年少万兜鍪[5],坐断东南战未休。 天下英雄谁敌手[6]? 曹、刘。 生子当如孙仲谋[7]!

【注释】

① 京口北固亭：见前篇《永遇乐》(千古江山)注。有怀：有所寄怀。② 神州：本是中国的代称，这里指中原大地。③ 北固楼：即北固亭。④“不尽”句：这里化用杜甫《登高》诗“无边落木萧萧下，不尽长江滚滚来”句。⑤“年少”句：指孙权年轻时就已成为三军统帅，雄据一方。孙权继承父兄王业为江东主时，才十九岁，那时曹操已四十六岁，刘备三十九岁。兜鍪(móu)：士兵作战时戴的头盔，这里借指士兵。⑥“天下”句：化用曹操、刘备的典故，据《三国志·蜀书·先主传》记载，曹操曾对刘备说过：现在天下的英雄人物只有您和我了，袁绍那些人都不在话下。⑦“生子”句：据《三国志·吴书·孙权传》注引《吴历》记载：“曹公出濡须，作油船，夜渡洲上，权以水军围取，得三千余人。……公见舟船、器杖、军伍整肃，喟然叹曰：‘生子当如孙仲谋，刘景升儿子若豚犬耳。’”曹操引兵南下时，刘表(景升)的儿子刘琮不战而降，而孙权却敢于抗战，故曹操有“生子当如孙仲谋”的慨叹。

【翻译】

从哪里可以眺望故国中原？
眼前却只见北固楼一带的壮丽江山，
千百年的盛衰兴亡，不知经历了多少变幻，
真是说不清，也道不完，
有如这浩渺江水无穷无尽，奔流不还！

遥想当年，那孙权多么英武威严，
青年时期就统帅着万千健男。
占据住江南，百战犹酣。
天下的英雄谁配作他的对手？
惟有曹操和刘备可以和他鼎足成三。
难怪人说，生下的儿子就应当如孙权一般！

满　江　红

此词创作的具体时间不可确考。这是一首风格婉约的抒写春愁与乡愁的作品。由于作者是一位时时萦念恢复失地的爱国志士，所思念的家乡又正是北方沦陷的国土，所以词中深含家国之痛和身世之悲，不同于一般的伤春感怀词。上片抒写春愁。首先以“春正好”为中心，描画了春天生机勃勃的景象，然而，大好春光是留不住的，“乳燕引雏飞力弱，流莺唤友娇声怯”，“弱”、“怯”二字流露出作者的伤春情绪。上片以对将要归去的春天发问、呼喊作结，将心中郁积的烦乱与痛苦全部抒泄出来。下片由春愁转入乡愁，从多种角度烘托出无法排遣的思乡之愁与家国之恨。登楼远眺，家园被烟波阻隔，这不仅表现了对故土望眼欲穿的思恋，其中也寓意抗金复国大业遇到了种种障碍。“古今遗恨”，此指国家分裂、乡土沦陷之恨。“蝴蝶”两句化用前人诗句，以深婉之笔传出哀惋之情。结尾杜鹃“不如归去”的叫声在催动思乡人起程，而作者只能痛苦地浩叹："归难得！"这发自心底的呼喊将乡愁渲染得细腻、炽热而又深沉。此词将伤春与思乡结合，寓爱国之情于思乡之情中，感情凄恻，音调缠绵，含蓄幽婉，寓意深刻，具有很强的艺术感染力。

点火樱桃①，照一架、荼蘼如雪②。春正好，见龙孙穿破③，紫苔苍壁。乳燕引雏飞力弱④，流莺唤友娇声怯⑤。问春归、不肯带愁归，肠千结⑥。　层楼望，春山叠。家何在？烟波隔。把古今遗恨⑦，向他谁说？蝴蝶不传千里梦，子规叫断三更月⑧。听声声、枕上劝人归⑨，归难得。

【注释】

① 点火樱桃：樱桃色鲜红，如点点火焰。② 荼蘼（tú mí）：蔷薇的一种，春末夏初开白花。上二句说，火红的樱桃与雪白的荼蘼互相映照着。③ 龙孙：指竹笋。④ 乳燕：母燕。雏：雏燕，小燕子。⑤ 怯：声音细弱。⑥ 肠千结：形容心中愁绪难解。⑦ 古今遗恨：从古至今遗留的恨事，这里主要指中原沦陷的家国之恨。⑧ "蝴蝶"二句：化用唐人崔涂《春夕》诗句："蝴蝶梦中家万里，杜鹃枝上月三更。"蝴蝶梦：庄子曾梦见自己化为蝴蝶。（《庄子·齐物论》）故后人常称梦为"蝴蝶梦"。子规：一种鸟，又称杜鹃。按：崔涂诗中的杜鹃指植物杜鹃花。⑨ "听声声"句：子规的叫声似"不如归去"，故云它的叫声像是在"劝人归"。

【翻译】

红色的樱桃如火焰一般，
映衬着荼蘼花雪白一片。
在这大好的春光里，
竹笋正一个个破土林间，
墙壁上爬满了苍紫色的苔藓。
母燕带领幼雏飞得这样低缓，
黄莺呼唤朋友，叫声多么娇纤。
请问你匆匆归去的春天，
为何不肯带走我的愁心一片，
留下我的愁肠千结百转。

登上高楼放眼远望，
重叠的青山挡住了我的视线。
家乡呵你在哪里？
浩渺的烟波把我阻拦。
古往今来的离愁别恨，
向谁去诉说倾谈？
千里之外的家乡在梦中也难得一见，
对着三更冷月，子规的叫声凄切悲惨。
枕上听这声声鸣叫，
分明是劝我回归家园，
可它怎能知道，我却是有家难返。

祝英台近

晚　春

此词写作年代无考。作者假托暮春时节闺中女子伤春怀人的愁怨,寄寓对时局的忧虑及对个人遭际的怅惘。上片先从多种角度描摹离别的凄苦,接着以风雨迷濛,乱红遍地,莺啼不止,抒发伤春、怨春的浓愁。下片写对恋人的思念企盼及难以排遣的惆怅,以一连串动作,细致生动地刻画闺中女子占卜游子归期的复杂心理,"哽咽梦语"更将女主人公的痴情及愁绪写得绵邈飘忽、凄恻缠绵。张炎的《词源》说稼轩此词"皆景中带情而存《骚》《雅》",就是说作者深有寄托,内心的志意不直接写出来,而是像《离骚》、《小雅》那样多用比兴,词意曲折含蕴,耐人寻味。语言又秾丽深婉,读来使人"魂销意尽"(沈谦《填词杂说》),与他的《摸鱼儿》(更能消几番风雨)同为颇能体现他的词作于豪放之外自有婉约之风的著名作品。

宝钗分[1]，桃叶渡[2]，烟柳暗南浦[3]。怕上层楼[4]，十日九风雨。断肠片片飞红[5]，都无人管，更谁劝、啼莺声住[6]？　　鬓边觑[7]，试把花卜归期[8]，才簪又重数[9]。罗帐灯昏，哽咽梦中语：是他春带愁来，春归何处？却不解、带将愁去[10]。

【注释】

① 宝钗分：将金钗分开，各执一股，以作离别留念。钗：古代妇女簪发的首饰。唐宋时期情人分别时有分钗的习俗。② 桃叶渡：在南京秦淮河与青溪合流处。东晋王献之爱妾名桃叶，献之曾作歌送别桃叶曰："桃叶复桃叶，渡江不用楫。但渡无所苦，我自迎接汝。"后世遂名桃叶渡江之处为桃叶渡，并用以专指离别之地。③ 烟柳暗南浦：指晚春时节垂柳笼烟，一片绿荫。江淹《别赋》云："春草碧色，春水绿波。送君南浦，伤如之何？"后世遂以南浦泛指送别的地方。④ "怕上"二句：意思是，因为十天当中倒有九天风雨晦冥，使人不能远望游子归来的身影，反而会在凄迷晦暗的风雨中增加愁烦，故不愿再登楼远眺。⑤ 飞红：飘落的花瓣，指春光零落。此句暗喻忠贞之士多被摈斥。⑥ "更谁"句：又有谁能劝住黄莺不再啼叫。江南三月，莺飞草长，是暮春景象，更易增加女主人公的愁苦，故不忍闻莺啼。此处莺啼暗喻小人得志。⑦ 鬓边觑：即觑鬓边。觑：斜视。⑧ 把花卜归期：用花作占卜的工具，数花瓣的数目来预测所思之人归来的日期。⑨ 才簪（zān）又重数：将占卜之后的花朵刚插上鬓边又拿下来重数一遍花瓣，即重新占卜一次。表现女子思念之切及对占卜结果的

疑惑。簪:作动词用,插戴的意思。⑩ 不解:不懂得。

【翻译】

与你分别时我们郑重各藏一股金钗,
渡口送别的情景令人伤怀,
南浦如烟的杨柳啊是那样凄迷无奈。
我真怕登上那高楼,
因为十天中倒有九天风雨阴霾。
飞扬的片片花瓣令人肠断,
却无人照管,任它飘落尘埃。
有谁能劝住黄莺儿,
让它不再把口开。

端详着鬓边的花朵,
试数花瓣占卜离人何日归来。
才将花儿插上发际,
又取下重新数猜。
罗帐里灯光昏暗,
梦话哽咽悲哀:
春天啊,是你带来这许多愁闷,
如今不知春归何处,
却不懂得把愁带去,
使我的愁怨烦恼一一排解。

贺 新 郎

赋 琵 琶

这是辛弃疾著名的一首咏物词，作年莫考。题为“赋琵琶”，因此征引了历史上许多与琵琶有关的典故，表面看来似乎很零乱而无中心，所以梁启超认为此词将“琵琶故事，网罗胪列，乱杂无意，殆如一团野草”(《艺蘅馆词选》引)，很难理清头绪。其实若仔细体味，其所表达的思想情绪还是很清晰的。上片用杨贵妃、白居易、王昭君三人典故，分别追念北宋的繁华，感叹主战的贤人义士不得重用，谴责南宋的懦弱妥协。重点在通过昭君出塞，抒发对国家衰弱，百姓受异族侵凌的慨叹。下片描写一位妇女因丈夫远在金人占领的辽阳，音信渺无，只能孤寂地弹奏《梁州》曲，以寄托满腔怨苦，反映广大百姓在国家残破的大动荡中的苦难。最后又借唐喻宋，以盛唐繁华已经消歇，感叹宋朝的衰落，寄寓兴亡之感。虽是一首咏物词，但主题并不在咏琵琶，而是在琵琶的哀怨声中唱出作者的悲歌。陈廷焯《白雨斋词话》云：“此词运典虽多，却一片感慨，故不觉堆垛。心中有泪，故笔下无一字不呜咽。”这一评价是很有道理的。

凤尾龙香拨①，自开元、《霓裳曲》罢，几番风月②？最苦浔阳江头客③，画舸亭亭待发④。记出塞、黄云堆雪⑤。马上离愁三万里⑥，望昭阳宫殿孤鸿没⑦。弦解语，恨难说⑧。　　辽阳驿使音尘绝⑨。琐窗寒、轻拢慢捻⑩，泪珠盈睫。推手含情还却手⑪，一抹《梁州》哀彻⑫。千古事、云飞烟灭⑬。贺老定场无消息⑭，想沉香亭北繁华歇⑮。弹到此，为呜咽。

【注释】

① 凤尾龙香拨：唐玄宗贵妃杨玉环善弹琵琶，她的琵琶中以逻逊檀木为槽（琵琶上架弦的格子），龙香柏木做拨（弹奏时拨弦的器具），见《明皇杂录》。苏轼《听琵琶》诗云：“数弦已品龙香拨，半面犹遮凤尾槽。”这里指琵琶槽形似凤尾。此句极言琵琶的名贵精致。② “自开元”二句：开元（唐玄宗李隆基年号，713—741）是唐代强盛繁荣的时期。《霓裳曲》指《霓裳羽衣曲》，是唐代宫廷著名大曲，杨贵妃善为《霓裳羽衣舞》。《霓裳曲》罢：指安史之乱中玄宗仓皇西逃，杨贵妃在马嵬坡被杀，《霓裳羽衣曲》渐渐不传。几番风月：意思是自从开元繁盛以来，又经历了多少次风月繁华？感慨国运渐衰。③ “最苦”句：指白居易被贬官事。浔阳：即今江西九江市。白居易于元和十年（815）贬官为九江郡司马，第二年的一个秋夜，在浔阳江边送别友

人，忽听邻舟有琵琶声，遂邀弹琵琶的妇女来弹奏，曲声悲凄，他非常伤感，写下了著名的《琵琶行》。客：漂泊在外的人，这里指白居易。④ 画舸：装饰华丽的大船。亭亭：高耸的样子。这句说，由于听琵琶入神而忘记了开船。⑤ 出塞：指王昭君出塞嫁于匈奴呼韩邪单于事，详前篇《贺新郎》(绿树听鹈鴂)注解。黄云堆雪：指昭君出塞时，黄沙飞舞如浮云飘在空中，地上堆着积雪，极言塞外荒凉寒冷。⑥ 马上离愁三万里：指昭君出塞路途遥远，一去三万里，在马上弹着琵琶，抒发离愁别恨。⑦ 昭阳：汉代长安未央宫中的殿名，汉成帝时皇后赵飞燕曾居之，后世遂以昭阳代指后妃所居之地。此句说，昭君回首望不见汉家宫殿，只见孤雁南飞渐渐消逝在远空。⑧ "弦解语"二句：此二句说，昭君的怨恨难言，只好寄情于琵琶。弦解语：琵琶弦能理解并传达我的心声。⑨ 辽阳：今辽宁省辽阳一带。驿使：在驿道上传递消息和书信的使者。音尘绝：消息断绝，渺无音信。唐人沈佺期《独不见》云："九月寒砧催木叶(秋夜的捣衣声好像要把树叶震落了)，十年征戍忆辽阳(思念已在辽阳服役十年的丈夫)。白狼河北音书断，丹凤城(长安城)南秋夜长。"此句即用此诗意，说女子的丈夫在战乱中陷在辽阳，至今渺无音信。⑩ 琐窗：雕花的窗户，指妇女的居室。拢：弹琵琶的指法，以左手指扣弦。捻(niǎn)：左手指揉弦。⑪ 推手：右手指前推弹弦。却手：右手指往后拨弦。⑫ 抹：右手指往下拨弦。《梁州》：唐天宝年间大曲名，又称《凉州》。此句意思是，满含哀怨地弹完《梁州》曲。⑬ "千古"句：意思是，这些历史上令人怅恨的往事，都如云烟一样消散了。⑭ 贺老：即贺怀智，唐玄宗时任梨园供奉，是开元、天宝年间善弹琵琶的乐师。定场：压得住场子，是说他弹奏琵琶技艺高超。唐人元稹《连昌宫词》："夜半月高弦索鸣，贺老琵琶定场屋。"就是描写贺怀智琵琶的。无消息：意思是贺老这样的乐师不知哪里去了。⑮ 沉香亭：唐皇宫中亭名，在兴庆池东，为玄宗与杨贵妃游赏之地。玄宗曾召李白于沉香亭为杨贵妃作《清平调》三章，其三云："解释春风无限恨，沉香亭北倚阑干。"此句说，昔日的太平繁华已消歇了。上二句均借唐喻宋。

【翻译】

龙香柏木制的拔牙，凤尾形的槽架，
这是件多么名贵精致的琵琶。
自从开元年间贵妃弹罢《霓裳曲》，
至今又经历了多少次风月繁华？
最苦的是贬谪在浔阳江头的白司马，
听着琵琶的悲诉竟忘了送客船出发。
又记得那孤身出塞的王昭君，
一路伴她的是地上的积雪，空中的黄沙。
三万里征途在马上度过，
琵琶的哀怨将她心中的离愁表达。
回望长安已不见昭阳宫殿，
只有南去的孤雁飞向天涯。
怅恨和怒愤真难以用言语诉说，
全靠琵琶代她说出心里话。

战乱中亲人被羁在遥远的辽阳，

就连驿使也没法将书信传到家。
孤苦的妻子在家中守着寒窗，
怀抱琵琶轻拢慢捻，眼里浸着泪花。
她前推后引不停地弹拨，
将一曲哀怨的《梁州》慢慢弹罢。
千古以来人间多少这样的恨事，
如今都已经消逝如云气烟霞。
那善弹琵琶的贺老现今不知在哪里，
想来沉香亭的歌舞繁华已停歇了吧。
一曲琵琶弹到此，
真令人哽咽泣下。

满　江　红

暮　春

本词创作时间不能确考。这是一首伤春怀远词，抒发一个女子在暮春时节对远行的情人的怀念之情。上片重在写景，景中寓情。特点是以花事的变化为线索，从多侧面描写暮春景象和她的伤春情绪。花儿受风雨摧残落红满地，是从惋惜中抒写春愁；落花随流水而去，树荫也渐渐变得浓密，说明季节在慢慢推移，其中饱含着年华虚度的悲慨；刺桐花落的时候，便送走了春寒，年年如此，就如同自己的春愁绵长无限，年复一年，无法排遣。过片重在抒情，直接抒写女主人公的孤独寂寞及对情人的刻骨思念，把她细腻的情感和微妙的心理活动表现得极有层次。开头四个短句用虚笔，"空相忆"的"空"字，"闲愁极"的"极"字恰如其分地写出了"愁"的程度。"怕流莺乳燕得知消息"是实写，把一位既相思又不愿透露隐秘的娇羞女子的心态委婉地托出。欲寄书信又不知心上人的踪迹亦是实写，相思之情更深了一层。最后以景结情，女主人公羞于登楼远眺，因为能见到的只是平展辽远的碧草，语尽而意未尽。伤春怀远本是词中常见的题材，以擅抒豪情而名世的辛弃疾将怀人女子的柔情写得如此缠绵悱恻，细腻宛转，显示出多方面的才情。论者或认为此词有比兴寄托之意，内含作者政治失意的哀怨和壮志难酬的悲慨，似觉牵强。

家住江南，又过了、清明寒食①，花径里、一番风雨，一番狼藉②。红粉暗随流水去③，园林渐觉清阴密④。算年年、落尽刺桐花⑤，寒无力⑥。　　庭院静，空相忆。无说处，闲愁极。怕流莺乳燕，得知消息⑦。尺素如今何处也⑧，彩云依旧无踪迹⑨。谩教人、羞去上层楼⑩，平芜碧⑪。

【注释】

① 清明：农历二十四节气之一，旧称三月节，在阳历四月五日或六日，节时有踏青扫墓的习俗。寒食：在清明的前一天。② 狼藉：落花散乱的样子。③ 红粉：指落花。④ 清阴：清凉的树荫。⑤ 刺桐花：又名海桐，枝叶似梧桐，枝干上有刺，故称刺桐，早春开红色的花。⑥ 寒无力：意思是春寒将要过去，天气暖了。⑦ 得知消息：知道了我的心事。⑧“尺素”句：意思是我寄去的信不知到了哪里。尺素：书信，古人把写在白色的绢帛上的信，称为尺素。⑨ 彩云：喻所思念的人，因其行踪飘忽不定，故以彩云为喻。

⑩ 谩：空。⑪ 平芜：平展的草地。

【翻译】

家住在风景秀丽的江南，
又过了清明寒食节气。
眼看着一阵阵风雨过后，
花间小路上残红遍地。
落花随流水无声地飘去，
园林里渐渐觉得绿荫浓密。
年年到这时刺桐花总会落尽，
送走春寒，迎来暮春天气。

我独自在这寂静的庭院里，
把心上人苦苦相忆。
这闲愁纵使到了极点，
也无处诉说我难言的心曲。
又怕那多舌的黄莺、燕子，
知道我心中的秘密。
给他的信不知到了何处，
我依然不知他的行影踪迹。
使人羞于登楼远望，
空见那平展的青草远接天际。

满　江　红

本篇作年莫考。词中尽情抒发了怀才不遇，忧国伤时的强烈感情。开篇连用马周在新丰落拓失意，苏秦游说秦王不成，冯谖弹铗发牢骚三个典故，曲折地述说自己不为朝廷所用的愤慨。“不念英雄”二句，转入直接议论以明志，为全词主干，作者跳出了个人的愤怨，指责朝廷不爱惜人才，不念国事，表现了自己虽处江湖仍心怀社稷的阔大襟怀。下片抒发的情感与上片相同，却变悲愤语为旷达语，增强了抒情的力度。表面上看作者痛饮美酒，尽兴欢乐，又有美人相怜，实则是在悲中觅欢，以表面的狂放掩盖心中的痛苦与郁愤。接着又转作悲愤的反语：还不如放下请缨的念头，解甲归田！最后以贾谊的痛哭结拍，这“哭”字下得极有分量，为国家的前途命运，为自己的怀才不遇而悲怆痛哭的，实则是作者自己。本词感情跌宕，抑扬宛转，巧用典故起了重要的作用，以三个典故开端，以三个典故结尾，不觉堆垛，反觉自然，极见精妙。

倦客新丰①，貂裘敝、征尘满目②。弹短铗③、青蛇三尺④，浩歌谁续？不念英雄江左老⑤，用之可以尊中国⑥。叹诗书、万卷致君人，翻沉陆⑦。　　休感慨，浇醽醁⑧；人易老，欢难足。有玉人怜我⑨，为簪黄菊⑩。且置请缨封万户，竟须卖剑酧黄犊⑪。甚当年、寂寞贾长沙，伤时哭⑫。

【注释】

① 倦客新丰：据《唐书·马周传》载，唐代马周失意潦倒时，客居新丰旅舍，店主人看不起他，他一次竟喝酒一斗八升，一个人自得其乐，众人感到惊异。这里作者用马周比喻自己的落拓失意。倦：疲乏，疲惫。客：作动词，客居。新丰：故址在今陕西省西安市。② "貂裘敝"句：暗用典故说明自己的不得意。据《战国策·秦策》：当年苏秦游说秦王不成功，"黑貂之裘敝"，钱财用尽，去秦而归。貂裘敝：衣服破烂不堪。貂裘：貂皮作的皮袄。敝：破旧，破烂。③ "弹短铗"据《战国策·齐策》载，齐人冯谖为孟尝君门客，起初不受重用，曾几次倚柱弹剑而歌，以示不满欲去，后被尊为上客。铗(jiá)：剑。④ 青蛇三尺：指宝剑，青蛇形容其寒光，三尺指其长度。⑤ 江左老：在南方老死。江左：江南地区。⑥ 尊中国：使中国为尊，提高中国的威望。⑦ "叹诗书"二句：感叹自己读万卷书，懂得辅佐君王之道，而不为朝廷所用。叹诗书万卷致君人：化用杜甫《奉赠韦左丞二十二韵》诗："读书破万卷，下笔如有神。……致君尧舜上，再使风俗淳。"致君人：辅助君王。君人：君王。翻：反而。沉陆：即陆沉，没有水而下沉，比喻隐居。⑧ 浇

醽醁(líng lù):喝酒。醽醁:美酒名。⑨ 玉人:美人。这里指歌舞女子。怜:同情。⑩ 为簪黄菊:为我往头上插菊花。簪:用来绾住头发的首饰,这里是插戴的意思。⑪ “且置”两句:意思是暂且放弃边疆立功封侯的想法,还是卖了剑买牛,解甲归田。置:放下,放弃。请缨:典故出自《汉书·终军传》:汉武帝派终军出使南越,让南越王来汉朝见,终军说:“自请愿受长缨,必羁南越王而致之阙下。”(“请给我一条长绳,我一定把南越王捆来送到您面前。”)后世用“请缨”指主动请战立功。缨:绳子。万户:万户侯,封地食邑有万户人家的封爵。竟须:竟然要。卖剑酧黄犊:把卖剑的钱作买牛的酬值,即卖了剑买小黄牛,解甲归田之意。酧:同“酬”,酬值。黄犊:小黄牛。典故出自《汉书·龚遂传》:渤海饥荒,龚遂为太守,劝民务农,“民有带持刀剑者,使卖剑买牛,卖刀买犊”。⑫ “甚当年”二句:意思是正像当年不得志的贾谊,为何要为伤时而痛哭。贾长沙:贾谊,西汉初政治家,曾贬官长沙王太傅,世称贾长沙。他曾在《陈政事疏》中说:“臣窃惟事势,可为痛哭者一,可为流涕者二,可为长太息者六。”

【翻译】

像当年失意的马周客居在新丰旅舍,
苏秦衣服破烂,满面灰尘,游说秦国。
寄人篱下的冯谖弹剑长歌,
又有谁理解他的心情与他应和?
朝廷不重视英雄豪杰让他们老死江左,
如果任用他们便可以振兴中国。

可叹我读书万卷想把君王辅佐，
反落得闲居家中声名默默。

还是别空发感慨，先把美酒独酌，
人生易老，欢乐原本就难以满足。
幸好有美人对我同情怜爱，
在我鬓发上插戴美丽的黄菊。
暂且放弃请缨报国立功封侯的念头，
卖掉宝剑买回耕田的牛犊。
为什么当年寂寞的贾谊，
要为伤时而痛哭？

木 兰 花 慢

中秋饮酒将旦①，客谓前人诗词有赋待月，无送月者，因用《天问》体赋②。

本词创作时间无从确考。这首咏月词内容和形式都新颖别致，独具一格。形式上采用屈原之《天问》体，对月亮发出一个个疑问。向月亮发问的诗词前已有之，如李白的"青天有月来几时，我欲停杯一问之"；苏轼的"明月几时有，把酒问青天"，而通篇发问，一问到底的仅有辛弃疾此作。从内容上看，"前人诗词有赋待月，无送月者"，而此词意在送月。作者望着悠悠将落的中秋明月，驰骋想象，深情地提出了一系列问题：悠悠月儿将运行到何处去？天外是否另有人间？这里月落时，那里的月亮是否刚刚从东方升起？……早于哥白尼三四百年的辛弃疾，对天体宇宙，对月出月落的自然现象发出这样的问题，显示出聪明智慧和朦胧的科学探索精神。对此，王国维在《人间词话》中，给予很高的评价："词人想象，直悟月轮绕地之理，与科学家密合，可谓神悟。"作者在发问中，将神话传说中的嫦娥、玉兔、蟾蜍、广寒宫等巧妙地编织进去。忽而天上，忽而海中，忽而人间，忽而月宫。

创造出丰富绚烂、神奇多姿的浪漫主义艺术形象，使人在对神秘宇宙的探索思考中，同时得到了美的艺术享受，不失为一篇咏月、送月佳制。

可怜今夕月，向何处、去悠悠③？是别有人间，那边才见，光影东头④？是天外⑤，空汗漫⑥，但长风浩浩送中秋⑦？飞镜无根谁系⑧？姮娥不嫁谁留⑨？

谓经海底问无由，恍惚使人愁⑩。怕万里长鲸，纵横触破，玉殿琼楼⑪。虾蟆故堪浴水，问云何玉兔解沉浮⑫？若道都齐无恙⑬，云何渐渐如钩⑭？

【注释】

① 将旦：天快亮了。②《天问》体：《天问》是《楚辞》篇名，屈原作，文中向“天”提出了一百七十多个问题，用《天问》体即用《天问》的体式作词。③ 可怜：可爱。悠悠：遥远的样子。④ 别有：另有。光影东头：月亮从东方升起。光影：指月亮。⑤ 天外：指茫茫宇宙。⑥ 汗漫：广阔无边。⑦ 送中秋：送走了中秋明月。⑧ 飞镜：喻明月。⑨ 姮娥：传说中的月中仙女嫦娥。⑩“谓经”两句：意思是据人说月亮运行经过海底，又无法探明其究竟，真让人不可捉摸而发愁。谓：据说。问无由：无处可询问。恍惚：模模糊糊、隐隐约约。⑪“怕万里”三句：意思是如果月亮果真是从海底经过，就怕海中的鲸鱼横冲直撞，把月中的玉殿琼楼撞坏。长鲸：巨大的鲸鱼。纵横：横冲直撞。玉殿琼楼：代指月亮。神话传说云月亮中有华丽的宫殿名广寒宫。⑫“虾

蟆”两句：意思是蛤蟆本来就会游泳，月经海底对它并无妨害，为什么玉兔也能在海中沉浮？虾蟆：蛤蟆。传说月中有蟾蜍（蛤蟆）。故：本来。堪：能够。云何：为什么。玉兔：传说中月亮上有白兔在捣药。解沉浮：识水性，会游泳。⑬若道：假如说。无恙（yàng）：安好，无损伤。⑭渐渐如钩：圆月慢慢变成弯月。

【翻译】

可爱呵今夜的月亮娇媚千般，
你向什么地方走去，悠悠慢慢？
是不是天外还有一个人间，
那里的人刚刚看见月亮升起在东边？
茫茫的宇宙空阔无沿，
是浩浩长风将中秋明月吹远？
是谁用绳索系住明月在天上高悬？
是谁留住了嫦娥不让她嫁到人间？

据说月亮是经海底运转，
这其中的奥秘无处寻探，
只能让人捉摸不透而心中愁烦。
又怕那长鲸在海中横冲直撞，
撞坏了华美的月中宫殿。
蛤蟆本来就熟悉水性，
为什么玉兔也能在海中游潜？
假如说这一切都很平安，
为什么圆月会渐渐变得钩一样弯？

汉宫春

立春日①

这首写于立春日的词作，围绕着怨春、恋春，反复抒写自己的春怨，借以抒发功业无成的苦闷和对北方故土的思念，同时隐约曲折地表示对统治者苟安江南的不满情绪。开头二句点出立春题意，然而，春光虽好，却未给他带来欢愉，“无端”二句，反挑出怨春情绪，为全词定下感情基调。写燕子梦回故里，是抒写自己对沦陷的故国梦魂牵绕的情思。接着回到立春题意，无心备办黄柑酒、五辛盘，更见心情之沉郁落寞。下片以调笑春风起，怨春的情感更深一层，东风薰梅染柳本是歌颂，但加上“却笑”二字，便成讽意，实际上是影射当朝统治者只知享乐，置国事于一边而不顾，使爱国志士空怀报国之情，耗尽青春年华。“清愁不断”句是上述种种怨情的直抒与总叙。结句由怨春转向恋春，怕见花开花落，春天归去，更怕见塞雁飞回故里而自己却难以北归，把通篇的思想直接升华到对中原故土的思念上来。这首词含蓄婉曲，寓意幽深，将对国事的忧怨寓含在春愁之中，全词以春已归来始，以怕春归去结，首尾照应，浑然一体，见出作者艺术构思的匠心。

春已归来，看美人头上，袅袅春幡②。无端风雨，未肯收尽余寒③。年时燕子④，料今宵、梦到西园⑤。浑未办、黄柑荐酒⑥，更传青韭堆盘⑦。　却笑东风从此，便薰梅染柳⑧，更没些闲。闲时又来镜里，转变朱颜⑨。清愁不断，问何人、会解连环⑩。生怕见、花开花落⑪，朝来塞雁先还⑫。

【注释】

① 立春：二十四节气之首，在阳历二月四日或五日。② 袅袅(niǎo)：随风微微飘动的样子。春幡(fān)：古代妇女在立春日，把彩绸剪成花朵、蝴蝶、燕子等形状插在头上或系在花枝上叫做春幡。③“无端”两句：意思是虽然已经立春了，但仍时常刮风下雨，冬天的余寒未尽。无端：平白无故地。④ 年时燕子：去年南来过冬的燕子。⑤ 今宵：今夜。西园：汉朝都城长安的西郊有上林苑，专供皇帝游猎，称西园。北宋都城汴京西门外有琼林苑供皇室游乐，亦称西园。这里指北宋西园，寓自己对故国的思念。⑥ 浑未办：还未置办。浑：还。黄柑荐酒：古时立春日，人们要互献黄柑酿制的腊酒，表示吉庆。荐：献。⑦ 青韭堆盘：据《遵生八笺》："立春日作五辛盘，以黄柑酿酒，谓之洞庭春色。故苏(轼)诗云：'辛盘得青韭，腊酒是黄柑。'"又据《本

草纲目·菜部》:"五辛菜,乃元旦、立春,以葱、蒜、韭、蓼蒿、芥辛嫩之菜杂和食之,取迎新之意,谓之五辛盘。"这里的"青韭堆盘"即指五辛盘。⑧ 薰梅染柳:春风把梅花熏得更香,把柳丝染得更绿。⑨ "闲时"二句:意谓春风把人年轻的容貌都吹老了。朱颜:年轻的容颜。⑩ "解连环"三句:据《战国策·齐策》:秦昭王派使者送给齐国玉连环,无人能解开,齐后用铁锥把连环打破,说:"这环解开了。"这里用这个典故说心中的忧愁难以解开。⑪ 生怕:最怕,只怕。⑫ 塞雁:去年从塞北飞来过冬,今春将飞回北方的大雁。

【翻译】

春天已经回来了,
美人头上飘舞着绚丽的春幡。
风雨平白无故地刮着下着,
总不肯带去这冬季的余寒。
去年南来过冬的燕子,
今夜一定在梦中回到了故土西园。
可我连黄柑腊酒尚未备办,
更谈不上相互传赠青韭堆盘。

却笑那多情的东风,
吹得梅花清香飘散。
吹得柳丝碧绿如染,
一刻也不知偷闲。
闲时它又来到镜子里,

偷偷换去人们青春的容颜。
我的愁绪绵绵不断，
谁能给我解开这闷连环？
最怕见花开花落春已归去，
清晨一看，塞北的大雁已先我飞回家园。

鹧 鸪 天

代 人 赋①

这首词的准确作年已无可考，大约作于罢职闲居期间。通篇写江南初春的农村图景，语言朴素疏淡，通俗浅近。描写初春的柔桑、幼蚕、细草、黄犊，一片蓬勃生机。“柔桑破嫩芽”、“蚕种生些”，是静态的生机变化，黄犊啮草，暮鸦归巢，是动态的生机变化。四句构成一幅情味盎然的图画。词语虽通俗平淡，却生别趣，反映出作者对平和宁静的农村生活的热爱。结尾又将富有顽强生命力，在溪头烂漫开放的荠菜花与城中娇艳脆弱、愁风畏雨的桃李作一对照，既富哲理，又进一步表现自己对春意常在、欣欣向荣的田园生活的欣喜及对风波险恶的官场的厌倦。题为代人赋，实是自我抒怀。

陌上柔桑破嫩芽②，东邻蚕种已生些③。平岗细草鸣黄犊④，斜日寒林点暮鸦⑤。　山远近，路横斜，青旗沽酒有人家⑥。城中桃李愁风雨，春在溪头荠菜花。

【注释】

① 代人赋：代别人作词。② 陌：乡间小路。破嫩芽：绽出新叶芽。③ 已生些：已经长出了一点儿。些：一些，少许。④ 平岗：平坦的小山坡。⑤“斜日”句：意为斜日映照着的林木间点缀着傍晚回巢的乌鸦。⑥ 青旗：挑着青布做的酒幌子。沽酒：卖酒。

【翻译】

乡间小路旁柔嫩的桑树已绽出新芽，
东边邻家的蚕种已渐渐孵化。
平缓的小山岗上长满了细密的浅草，
小黄牛欢快地叫着在草地溜达。
斜阳映照着尚带寒意的树林，
林间点缀着傍晚归来的乌鸦。

四周的山岭有远有近，
山间的小路有竖有斜，
门前飘着青布旗儿的是卖酒的人家。
城里娇艳的桃李担心风吹雨打，
溪边盛开的荠菜花透出春天的光华。

鹧 鸪 天

戏题村舍

这首描写农村风情的词，意在以农村的古朴平静、农民的舒心惬意反衬官场的追名逐利、尔虞我诈，其中流露出对这种自由自在、平和闲静生活的向往。词中描写了一个有淳朴民风的小村舍，这里一切都平平常常，村民们安居乐业，无所需求，恬然自适。天已向晚，还没有人收鸡鸭回巢；新栽的柳树，旧日的沙洲，稍稍改道的小溪都没有很大的变化，说明生活的安定。这里与外界联系很少，连婚姻也是本村两姓嫁娶，俨然是一个世外桃源。“有何”两句是作者内心情感的直接表述，厌于官场，安于淡泊的思想和这里的气氛非常合拍，钦羡的感情也就油然而生。

鸡鸭成群晚未收，桑麻长过屋山头①。有何不可吾方羡②，要底都无饱便休③。　新柳树，旧沙洲，去年溪打那边流④。自言此地生儿女⑤，不嫁余家即聘周⑥。

【注释】

① 屋山：屋脊。② “有何”句：意思是这样的生活有什么不可以，这正是我所羡慕的。③ “要底”句：意思没有其他要求，只要吃饱便满足了。底：什么。④ 打：从。⑤ 自言：村民自己说。⑥ 聘：旧时持礼物订婚。

【翻译】

成群的鸡鸭天晚了还未回巢，
桑麻的枝条比屋脊还高。
这里的生活实在令我羡慕，
只求吃饱其余便都不需要。

新栽的柳树一排排，
旧日的沙洲在村郊，
这条溪水去年是从那边绕。
村民说：这里生下的儿女，
不是嫁给余家，就是把周家的女儿娶讨。

玉 楼 春

本篇大约作于退闲期间，准确的作年无考。上片描绘村女闲游，听禽戏乐。三四句由鸟声发生联想，提壶鸟叫着“提壶！提壶！”似乎在提醒沽酒的村女别再贪玩：你已提壶在外很久了，该回家了。婆饼焦则焦急地叫着“婆饼焦！婆饼焦！”似乎在催促村女赶快回家看看饼儿是否已经烤焦。构想奇特，诙谐风趣。下片则写一酒醉的村女朦胧中竟忘记自家的归路，向行人打听自己的住处，醉态可掬。而指路者的认真指点与谆谆嘱咐又显露出农民的淳朴善良。

三三两两谁家女，听取鸣禽枝上语。提壶沽酒已多时①，婆饼焦时须早去②。 醉中忘却来时路，借问行人家住处。“只寻古庙那边行，更过溪南乌桕树。”

【注释】

① 提壶：鸟名，即提壶芦，又名提胡、提胡芦，鸣声似

"提壶",因而得名。② 婆饼焦:鸟名,据宋人王质《林泉结契》载,这种鸟鸣声焦急,好像在说:"婆饼焦,不与吃,归家无消息。"

【翻译】

村女们三三两两在乡野嬉游闲步,
听着树上的鸟儿热闹地鸣呼。
提壶鸟欢快地叫着,
好像提醒沽酒的村女已花费太多工夫。
"婆饼焦"急速地啼叫,
似乎说:"饼已快焦,你快回家看顾。"

喝醉酒的村女竟忘了来时的道路,
她向行人打听自家的住处。
那人说:"你只往古庙那边走去,
再经过溪南那棵乌柏树。"

西　江　月

遣　　兴①

这首词作于隐居期间,具体时间不可确考。此词抒写对现实的不满情绪和由此产生的激愤与忧愁,却用曲折委婉的手法表现。全词围绕“醉”字落笔,醉始醉终,但貌醉实醒。上片由一“醉”字领起,醉中欢笑说明醒时便愁,醉中方能忘忧。接着说没工夫发愁,这是正话反说,实际意思是忧愁太多,整日都在愁。又说古人书全无是处,这话听起来似醉后狂言,而细揣摩却是愤语,潜台词是古书中的许多至理名言,在是非颠倒的现实中都行不通。读书又有何用？下片描绘了醉中的一个细节:自己醉倒了反而向松发问,见松枝摇动又以为是来扶自己,于是推开松树大喝一声:“去!”形象生动逼真,维妙维肖,这醉态中闪烁着作者倔强的性格和自立自强的精神。此词以散文句法入词,流利明快,诙谐风趣,表现手法新颖脱俗,令人耳目一新。

醉里且贪欢笑，要愁那得工夫。近来始觉古人书，信着全无是处[②]。　　昨夜松边醉倒，问松“我醉何如[③]”？只疑松动要来扶，以手推松曰：“去！”

【注释】

① 遣兴：抒写意兴，如遣怀。② “近来”两句：意思是近来才感到古人的书不能全信。语本《孟子·尽心》：“尽信书，则不如无书。”此句不是作者否定古人的书，而是对现实不满的愤激语。③ 我醉何如：我醉成什么样子。

【翻译】

喝醉酒我暂且尽情欢笑，
哪有工夫整日忧愁。
近来才觉得古人的书本，
信了它一点用也没有。

昨晚我在松树旁醉倒，
问松“我醉到了什么程度”？
我疑心松枝摆动要把我扶救，
连忙用手一推说：“去！走！”

唐 河 传

效花间体①

此词创作时间无法确考。这首清新明丽的小令在辛词中别具风神。作者以轻灵秀丽的笔触，描写春游所见、所感，创造出惝恍迷离梦幻般的意境。词中展现了四幅画面：首先以千里春水开端，在诗情画意中进入梦境，与意中美人泛舟水上，情思缕缕；接着由梦境转入实境，写村巷晚景之明丽幽静，以“短墙红杏花”点染，诗意盎然；下面推出活泼烂漫的村女雨中采花的画面，静中有动，给旖旎的春光增添了几分情趣和生机；最后以“柳绵，被风吹上天”结拍，不但含悠悠不尽之意，而且回应了篇首梦境的飘忽迷离。四幅画面，空灵跳荡，若断若连，构成统一完整的诗境。这首词虽题为“效花间体”，却不是生硬的模拟，作者洗去了花间词的香艳华美，汲取了其中的柔婉细腻，疏淡清丽，形成了本词清雅明丽的特色，见出作者博采众长，自成一家的特长。

春水，千里，孤舟浪起，梦携西子②。觉来村巷夕阳斜③。几家，短墙红杏花。　　晚云做造些儿雨④，折花去，岸上谁家女。太狂颠⑤。那边，柳绵⑥，被风吹上天。

【注释】

① 花间体：五代时后蜀赵崇祚编《花间集》，内收晚唐五代词作，作品风格浓艳绮丽，多写花前月下的艳情和歌舞酒筵的娱乐，对后世婉约词风影响很大，称花间体。② 西子：古代越国美女西施，此处代指意中人。③ 觉来：醒来。④ 些儿雨：点点细雨。⑤ 狂颠：这里是活泼欢快的意思。⑥ 柳绵：柳絮。

【翻译】

春水，一泻千里，
梦中我和意中人，
驾一叶孤舟荡来荡去。
醒来只见村巷里夕阳已西斜，
几家墙头上露出了红杏花，
多么娇美，多么艳丽。

晚云在天边渐渐凝聚，
忽然造出了点点细雨，
岸上那是谁家的姑娘，
活泼欢快折花去。
看那边，柳絮飘飘，
被风儿轻轻吹起。

武　陵　春

本篇写作年代无可确考。这首口语词民歌风味很浓，写一位游子归家时的急切心情及家中人的翘首企盼，都活脱传神。上片从游子方面设想，约期已过，而游子未归，家中人一定在焦虑猜疑。下片写游子策马赶路，“心急马行迟”形象地剖析了游子的心理，偶然抬头见鹊，忽发奇想，托喜鹊振翅先往家中报信，设想奇妙，颇具民歌风神。

走去走来三百里，五日以为期。六日归时已是疑，应是望多时①。　　鞭个马儿归去也，心急马行迟。不免相烦喜鹊儿，先报那人知②。

【注释】

①“六日”二句：意思是，行人本与家中人约定五日归来，若第六日到，家人已充满惊疑焦虑，何况第六日还未必定能赶到，家中人一定悬望多时了。② 那人：游子所萦念

之人。

【翻译】

来也三百里，去也三百里，
约定五日是归家的日期。
倘若六日到家，家人一定焦虑惊疑，
想必现在已在家悬望多时。

鞭着马儿急急归家去，
心中焦急总觉马儿跑得迟。
抬头偶见喜鹊，烦你一件事：
先我飞回家中去，
与我那人儿报个信。

编后记

2011年我社出版了“古代文史名著选译丛书(134种)”,该丛书是由全国高校古籍整理委员会主持,汇集北京大学、复旦大学等十八所高校古籍所专家学者力量完成的一部高水平、高质量的传统文化普及读物。出版后也得到了读者认可,获得业内好评。

该丛书于2016年入选国家新闻出版广电总局评选的“首届向全国推荐中华优秀传统文化普及图书”名单。为了更好地传播优秀传统文化,我们从中精选了30种文史经典,重新修订、设计,作为珍藏版呈现给读者。

中华优秀传统文化不仅是中华民族的宝贵财富,也是中华民族的精神家园。凤凰出版社谨向为本丛书的编辑出版付出巨大心血的专家学者致以崇高敬意!

丛书顾问:周林　邓广铭　白寿彝

丛书主编:章培恒　安平秋　马樟根

编委(均按姓氏笔画排列):马樟根　平慧善　安平秋　刘烈茂　许嘉璐　李国祥　金开诚　周勋初　宗福邦　段文桂　董治安　倪其心　黄永年　章培恒　曾枣庄(以上为常务编委)

王达津　吕绍纲　刘仁清　刘乾先　李运益　杨金鼎　曹亦冰　常绍温　裴汝诚(以上为编委)

古代文史名著选译丛书（珍藏版）书目

书名	译注者	审阅者
论语注译	孙钦善	宗福邦
老子注译	张玉春　金国泰	安平秋
庄子选译	马美信	章培恒
孟子选译	刘聿鑫　刘晓东	黄　葵
荀子选译	雪　克　王云路	董治安　许嘉璐
诗经选译	程俊英　蒋见元	刘仁清
楚辞选译	徐建华　金舒年	金开诚
左传选译	陈世铙	董治安
史记选译	李国祥　李长弓　张三夕	安平秋
汉书选译	张世俊　任巧珍	李国祥
后汉书选译	李国祥　杨　昶　彭益林	许嘉璐
三国志选译	刘　琳	黄　葵
资治通鉴选译	李　庆	黄永年
文心雕龙选译	周振甫	黄永年
世说新语选译	柳士镇　钱南秀	周勋初
颜氏家训选译	黄永年	许嘉璐
陶渊明诗文选译	谢先俊　王勋敏	平慧善
李白诗选译	詹　锳等	章培恒
杜甫诗选译	倪其心　吴　鸥	黄永年
李商隐诗选译	陈永正	倪其心
王维诗选译	邓安生　刘　畅　杨永明	倪其心
苏轼诗文词选译	曾枣庄　曾　弢	章培恒
李清照诗文词选译	平慧善	马樟根
辛弃疾词选译	杨　忠	刘烈茂
王阳明诗文选译	吴　格	章培恒
唐才子传选译	张　萍　陆三强	黄永年
徐霞客游记选译	周晓薇　马雪芹　焦　杰	黄永年　马樟根
阅微草堂笔记选译	黄国声	安平秋
西厢记选译	王立言	董治安
聊斋志异选译	刘烈茂　欧阳世昌	章培恒